U0596370

運書日記

附《胶海逭暑日记》

陈训慈 著　周振鹤 周旸谷 整理

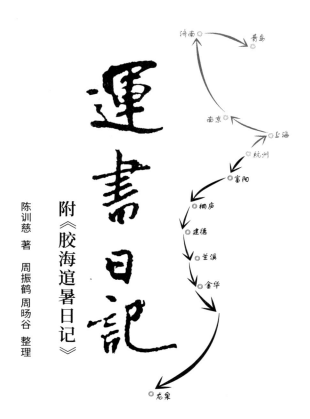

中华书局

图书在版编目（CIP）数据

运书日记:附《胶海逭暑日记》/陈训慈著;周振鹤,周晹谷整理. —北京:中华书局,2019.4
ISBN 978-7-101-13315-8

Ⅰ.运…　Ⅱ.①陈…②周…③周…　Ⅲ.日记–作品集–中国–现代　Ⅳ.I266.5

中国版本图书馆 CIP 数据核字（2018）第 137641 号

书　　名	运书日记（附《胶海逭暑日记》）
著　　者	陈训慈
整 理 者	周振鹤　周晹谷
责任编辑	贾雪飞
出版发行	中华书局
	（北京市丰台区太平桥西里 38 号　100073）
	http://www.zhbc.com.cn
	E-mail:zhbc@zhbc.com.cn
印　　刷	北京瑞古冠中印刷厂
版　　次	2019 年 4 月北京第 1 版
	2019 年 4 月北京第 1 次印刷
规　　格	开本/880×1230 毫米　1/32
	印张 8¼　插页 5　字数 120 千字
印　　数	1–3000 册
国际书号	ISBN 978-7-101-13315-8
定　　价	42.00 元

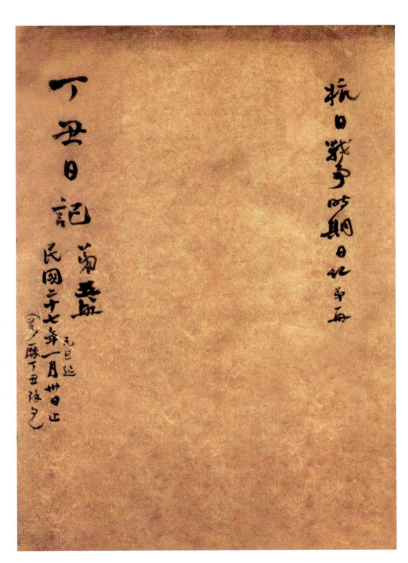

抗日战争时期日记 第五册

丁丑日记 第五册
民国二十七年 元旦起
一月廿日止
（三）膀丁丑除夕

《丁丑日记》第五册 原稿封面

中華民國二十七年日記　一九三八年

元旦

星期六
陰曆十二月卅日

七年來元旦今日在家中江上迎歲尤最悽涼矣晨起甚早辦

明而起自船myi望金華江瀨色沈茫無光年之隆雨之竹一旦開朗

最曉出江心光射血中如錯如春景自早晚過江波至廿六年此年交雲等

愛俗乃最深不負致昨日之陰雨微於年之晴波至今日之晨曦

兆人歲之剝復而復上下其憂幸归胎蘇在于此日本之朝之朝如

敢不跌祝父以沈病尚此段後健康到幾多人對祖國尤在不作滿腔之怒

劉田年事雖失利何當揮斥周祝兹邪兒人命健射人力物力

蓄蕾何豐事而揚巴以制敵源國大人之贲小民点[印]自外卹

去船myi對連山寄日洗帳思綢中有[印]料雲

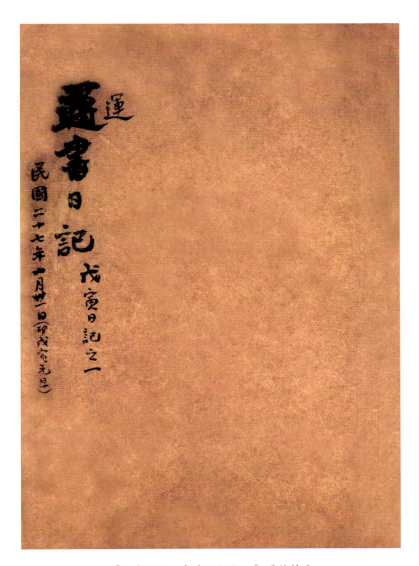

《运书日记·戊寅日记之一》原稿封面

王永康處：館友吳伯匋柳永緒同鄉，史美誠王文某主建德管道生運書。

圖書館自一再緊縮，一月初遷來永康，僅令等五人，住間與廣語蘭主建德管書，而

延金三與館六千餘箬，令留杭守館字及民房接書不妥，至為全加防，良可念也。

廉隅廣大寬而於予民甚便，育家而已永康僻處山地，風氣未開，塞居守，衛上班，

楊古記圖階坡，時晚除夕家家往將，路上有趁歲初到外半，可嘆。今日街市全停，民家日聳天

癸祖切如就聖太平年，婚作教條朔明而起。見東家繼妹伯祖僑，既念家街族人武能

訣赴宗詞湯祖緣也，教寧收獲之爲，上述嘉州感調妹，西州東到吾鄉之族右，永色所見家詞

尤爲風俗之敦厚，此其一端也。　衛送圖景傳大聯言可以有食安速也勞之。

不輟瑣御里之思：作外寄一信，放整一箋，未追約三晁一戈，無以戰局不知炭罷主永柳州焉也。

昨吾會午膳濟午飯良久陸兄同仰晚餐余未赴。

《運書日記·戊寅日記之一》原稿內文

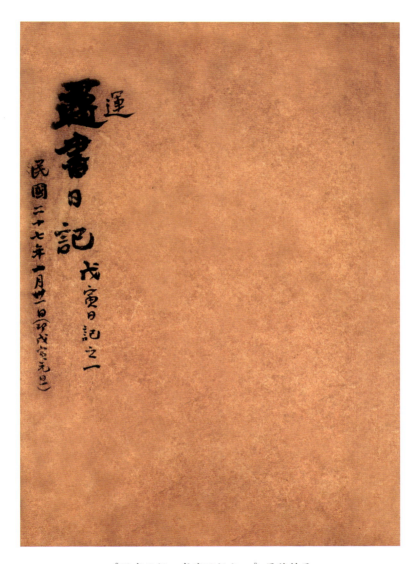

運書日記 戊寅日記之一

民國二十七年一月廿一日(即戊寅元旦)

《运书日记·戊寅日记之一》原稿封面

民國十七年 一月三十日 陰曆戊寅歲元旦 星期一 雨

王永豪廖次，館友吳伯烱柳永緒同齋，史美誠王文泰吳建德等等道生逆喜。

圖書館自一月照滿一日均連來永豪，借余書五人，洪向興廖語菊吳建德等書，而往金三與館二友行婚等令岳杭守館字及民局挖書不能空為令他，民可念也。

廖曆廣守館而於于民皇借書家而已永豪附寄此地凡氣大門豪保守，衛上路將有記圖曆此下晚除夕念豪任我，熔上有悲慶祝余子岁 今日衡市金幣，民家日終天

祭祖切如雜盟太子年，婚作我係朔明而起，見東家繪姓供祖像，頤念豪衍族人或能

訣赴宮祠酒祖緣也，救宫收殺之為，王抗赤州威風地，西樹東到多的誤候別色所見豪祠
御送圖景俗大聯省司以省食宴迹也祭之

尤善風俗之敦厚如其一窟也。

不鞋政御里之思，作外寫一信，放藝一箋，其述約三見一箋，無以戰局 不知果蜀城永柳州高也。

昨嘉會卒廏演与珠良久信礼同仰晚館余未赴歟。

《运书日记·戊寅日记之一》原稿内文

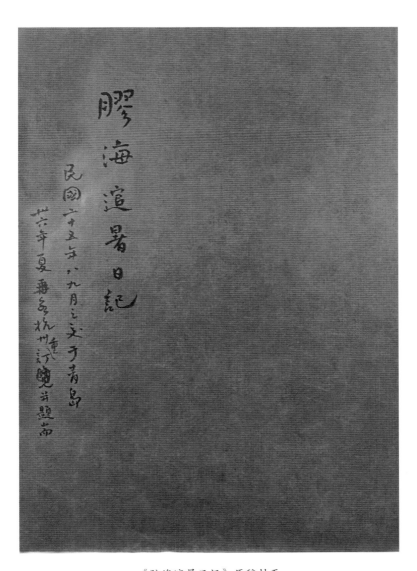

膠海運署日記

民國二十五年八九月之交于青島

廿六年夏蕪湖杭州重訂閱并題耑

《胶海逌署日记》原稿封面

膠海日記　二十五年七月六日之八月九日

余自二十二年八月作故都之游，繼以歸途游曲阜，瞻孔林，登泰山

迎朝日，兩人事恩，更遑青澤體，尚更未遑作膠海日記勝四

二十五年夏以中華圖書館協會主青島開會，遂得游青島嶗

山諸勝，自以身心之健，綜崴于役以勤荒膩，此山雖宿於之豪

爰以館嶺老待同行小住休憩，後仍表違許先生之介紹得

住湛山精舍，青島佛學之，而主地

宏華師別杭州招賢寺住持也，相見驚承嶺招之造尤為

殷周此數月館中投刺參與，設一徒乃靜居山海襟事甚多

我以嶺繼傍游，胸絡曲奧，排日有記，御以他作之遺憾而訓慈記

《胶海逭暑日记》原稿内文

陈训慈《运书日记》

（代前言）

陈训慈(1901—1991)，字叔谅，浙江慈溪官桥村（今属余姚市）人，陈布雷之弟。1932—1941 年间任浙江图书馆馆长。1938—1940 年间兼任浙江大学史地系教授，浙大龙泉分校主任。抗日战争爆发，联络浙江大学、杭州艺术专科学校、西湖博物馆等单位，创办《抗战导报》，呼吁抗日，并组织馆藏文澜阁《四库全书》及其他善本书籍迁移工作，以避战争烽火。这些宝贵图书，起先转移到浙江偏僻山区，后来又辗转运到重庆。抗战胜利后，他又竭力促成将文澜阁《四库全书》运回浙江。数年前，我在偶然的场合中，得到陈训慈的日记手稿三册，其中有一册题为《丁丑日记》第五册（封面另有一行"抗日战争时期第一册"），起民国二十七年元旦至一月卅日，另一册是《运书日记戊寅日记之一》，起民国二十七年一月卅一日（即戊寅元旦），止二月二十八日；两册正好衔接，所记为 1938 年头两个月搬迁《四库全书》途中之事。至于搬迁之始，当记于《丁丑日记》的前几册中。陈训慈在九十诞辰时，曾将三册《丁丑日记》捐献给浙江图书馆，2002 年 5 月底我趁去杭州开会之机，到该馆浏览了这三册日记,其编号分别为《丁丑日记》第一、三、四册,而搬运《四库全书》之始正记在所缺之第二册中,真是遗憾。第三、四册中有关搬迁《四库全书》的内容则已由徐永明征得陈训慈哲嗣同意,整理发表于 2000 年 3 月台湾出版的《中国文哲研究通讯》十卷一期上。至于搬迁之末,当在《戊寅日记》之二以后诸册。据悉,陈训慈仍有数量不小的日记存于家中,但《戊寅日记第二》以后诸册恐怕亦缺,否则徐永明应当同时整理问世。又,在《运书日记》之最后,陈说其将应浙江大学之聘前往赣州,或许《运书日记》就此没有下梢?若然,目前《丁丑日记》之第五册与《戊寅日记》之第一册就更显其可贵,因为其中不但叙述了运书过程的种种艰辛困难,描述了不同人物对搬迁图书的态度看法,还展示了抗战初浙江省府及有关部门的应对措施,甚至还描述了浙东山区的风俗面貌,真正是难得的现代史料。

民国时期虽然去今不远,但因社会动荡,战乱频繁,加之新中国成立后运动不断,"文革"期间抄家焚书,不少有用的历史资料都烟消云散,而少数重要手稿能够历经劫难而保留至今,实属难得,因此将这一时期存留下来的手稿予以整理出版乃是积累现代史资料的重要举措。我在评论上海书店出版社所出《民国史料笔记丛刊》时,亦曾提及出版这类未刊稿的重要性,但这一工作须得到全社会的重视,尤其是拥有手稿的人士的支持才有成效。当然由于民国时期去今不远,某些当事人或其子女尚在世,有些材料公开发表也许会产生某些不便，也有些人会顾虑手稿的某些内容从今天的观点看来会给作者脸上抹黑，其实这些想法都不必要。从学术的角度看来，历史是过去的事实，只要是真实反映历史的材料都是值得保存利用的，都是于社会有用的。为民族文化计，除去个人隐私之外，凡是函牍、日记、著述手稿都以公之于世为最佳选择。一千万字《竺可桢日记》的出版就说明了这一点。而且于历史研究而言，没有什么材料是没有用的，虽然搬运文澜阁《四库全书》不是什么经国之伟业，但于保存民族文化精华则是一件值得赞扬的大事，因此有关搬迁该书的日记也就有发表的意义。据日本学者所言，杭州沦陷后不久，日本的"占领地区图书文献接收委员会"曾于1938年2月22日派了九个人从上海到杭州寻找文澜阁《四库全书》，但因该书已经转移而未得逞（见毛昭晰《浙江省图书馆志序》）。设使当时未及搬迁避难，必将落入敌手无疑。以是将两册日记整理出来，并统名之曰《运书日记》，以让读者理解当时之史实。对于始运之初及后来再度转运的情况，恰巧在《竺可桢日记》中有两处提到，故摘录之分别置于陈训慈日记的前后，以见其事之首尾（另外也可以参考毛春翔《文澜阁四库全书战时播迁纪略》，载《浙江省图书馆志》）。陈氏之《运书日记》为半文半白形式，有可读性，唯以毛笔行书写出，稍费辨认之功，然亦不甚潦草，少数难辨之字以■标之，疑似之字以（?）标在其后，然亦难免有误识之处，敬希读者教正。作者于文字甚为重视，不但写时斟酌修改，而且日后还再改三改，这

3

由再改之墨迹较淡、三改之用圆珠笔可以清楚看出,整理以最后改定之文字为准,同时亦不轻易改动其用字,如"打销"不改为"打消"。又,其自注小字、原文中用"△"和"□"标识的缺字及偶有加着重点的字句,悉依其旧。原文多无标点,酌其意标之,分段亦悉其旧,不加调整。再,日记中有时在天头上有补充文字,则放于正文相应位置的边栏内。至于日记中对政府的批评,对时局的观感以及月旦人物、描绘风俗、讲述掌故种种内容,保存史料至夥,一概保留原貌,一字不更,以存其真。间有为读者阅读方便,由整理者加按语者,皆作注释于正文之下,以清眉目。另,本人尚存有陈氏《胶海谊暑日记》一册,写于民国廿五年八九月之交,并于卅六年重订于杭州,待日后闲暇时再予以整理公刊。

周振鹤

2013 年 3 月 16 日

陈训慈《运书日记》整理出版以后受到许多读者的欢迎,为整理者始料未及。可见读者对日记类读物的喜爱。陈氏本人对其日记十分重视,颇有当日记为著作之意。我所存日记仅三册,均非原始状态,而是经过一番誊清整理的本子。其中《运书日记》两册,《胶海谊暑日记》一册。后者封面上写明:"民国二十五年八九月之交于青岛，卅六年夏再客杭州重订并题耑。"可见并非将日记当流水账看待。此册日记一直没有时间予以抄出整理，2018 年春节，儿子旸谷闲居无事，遂将其抄出，并稍加整理订正成稿，交予中华书局，俾附骥于《运书日记》行世。由此册日记中可见其时学术会议的状态，学人与官员的面相，青岛市政的建设，陈氏及当时学人对佛教的认识等等，实不亚于今日的一些微著作，有其可观之处。其中整理不当之处，仍希读者不吝指正为幸。

周振鹤

2018 年 5 月 27 日

目　　录

　　1938 年 1 月 1 日～1938 年 1 月 30 日

　　　　1937 年 12 月底,文澜阁《四库全书》及浙江图书馆馆藏善本书共计 230 余箱
　　由富阳装大船转运,但因水势被阻滞桐庐不能行,后急调浙江大学卡车协助,分
　　运三天抵建德之绪塘。然绪塘地形难避战火,急需搬迁图书至内地。时因战事,
　　浙江省府已迁永康,各厅迁方岩,陈训慈为搬运图书之方案及车辆、资金诸事乘
　　舟至永康,奔走其间。

　　1938 年 1 月 31 日～1938 年 2 月 28 日

　　　　按照陈训慈与浙江省教育厅协商之运书方案,建德存《四库》及善本改装小

船后于 1 月 30 日运抵金华,由此再走陆路运龙泉。前陈训慈为安全计,数次呈请迁《四库》于内地。现因南京盋山藏书尽为沦陷,且故宫文渊阁《四库全书》命运堪忧,故教育部主文澜阁《四库全书》迁黔,而浙江省府则不以为然,存置不议。陈训慈奔劳其间,为保《四库》之周全费尽心力。

《运书日记》前事补叙 / 149

本文乃浙江大学徐永明教授将陈训慈生前捐赠给浙江图书馆之《陈训慈日记》中关于搬运《四库全书》内容的整理辑录,记述自 1937 年 8 月初至 1938 年 12 月底间,即《运书日记》记载之前的运书事宜,故收入本书。为避战火,时任浙江图书馆馆长的陈训慈将文澜阁《四库全书》及浙江图书馆馆藏善本书运至富阳暂存,但三个月后,战局突变,亟需将《四库》及善本南迁,然战事日紧,军运日繁,资金日蹙,陈训慈为运书事不得不多方周旋。

胶海迨暑日记(1936 年 7 月 16 日～1936 年 8 月 16 日) / 165

1936 年 7 月 16 日,时任浙江图书馆馆长陈训慈北上青岛,出席中华图书馆协会年会并避暑胶海。《胶海迨暑日记》记录其此行前后一个月间的行程和日常生活,展现了他的交游、见闻和所思所悟,体现了一个文化人在战火硝烟中对待民族文化和国民教育的关切之心,和他个人在国务、公职、家事间的一系列态度和看法。

运书日记

(1938 年 1 月 1 日～1938 年 2 月 28 日)

运书日记

運書日記 戊寅日記之一
民國二十七年四月廿一日起至八月九日止

丁丑日記 菊生
民國二十七年一月卅日止
九月起
（一册丁丑陸乙）

抗日戰爭時期日記手稿

《运书日记》书影

丁丑日记　第五册

1938 年 1 月 1 日～1938 年 1 月 30 日

1937 年 12 月底,文澜阁《四库全书》及浙江图书馆馆藏善本书共计 230 余箱由富阳装大船转运,但因水势被阻滞桐庐不能行,后急调浙江大学卡车协助,分运三天抵建德之绪塘。然绪塘地形难避战火,急需搬迁图书至内地。时因战事,浙江省府已迁永康,各厅迁方岩,陈训慈为搬运图书之方案及车辆、资金诸事乘舟至永康,奔走其间。

昨吉安《明耻日报》载浙大于十六号为五十日本兵所焚，图书馆仪器迁往日本云云。查浙大图书馆本无专屋，各图书馆亦无仪器之存在。校中重要仪器亦均移出，显非事实。或系省图书馆之误，因图书馆中尚存多量之图书也。乃电教部陈立夫，报告运仪器之近况，并报告文澜阁《四库全书》硕果仅存，虽由浙大帮同运严[州]，似更运内地为是云云。

——《竺可桢日记·1938 年 1 月 22 日》

元旦　星期六　阴历十一月卅日

　　七年来元旦以今日在客中江上迎岁为最惨淡矣。晨醒甚早，辨明而起。自船头望金华江滩，色沉黄无光。本久阴雨之余，一旦开朗，朝暾出江心，光射舟中，似欣然有生意。自辛亥建国，诞生廿六年矣。客岁受外侮乃最深而最广。愿昨日之阴雨象征昨年之暗淡，今日之晨曦兆今岁之剥极而复，上下共奋，卒得昭苏，应于今日卜之。虽曰难期，敢不默祝。父母沉疴，尚且期复健康，则吾人对祖国尤应不作消极之想，矧军事虽失利，后方潜力无限。周虽旧邦，其命维新。人力物力，蕴蓄何量，导而扬之，以制敌复国，大人之责，小民亦焉得自外耶？在船头对远山写日记，怅惘中自有新意。

　　昨夜二时，鸡鸣而醒。自旦又与国家俱增一龄矣。思念往事，感触多端，又回念六年来担任图书馆职务之得失功过，自忏甚多，而此次仓皇迁避，搬书未完，未达安全之地，尤觉未能善其守书之职，忧咎难以自解也。

　　晚梦五弟，盖死生契阔，黄浦送别为十一年，而弟之客死

亦六年有半矣。自弟之死，吾无与语肝胆而解宿疑者。梦中
为弟改文，题乃"记某公名论"。弟写"崇尚淡泊"一语，余为
改"雅尚恬淡"。其实弟出国前，文字已胜于吾，吾无以进，然
切磋文字，砥砺德行，乃至互诉疾苦，今乃无有如弟者。有兄
许国，不易常聚，两姐各萦生事，别离时多。三弟一妹，应有
互助之道，■(竟?)稀顾我之心，思弟思弟，何日其已！时乎
时乎，思与俱深矣！

　　今日舟行约五十里而弱，晚停泊范村。沿途江流夹山，
水深滩多，往往石岩耸起，水流湍急，山峦重叠，若至绝境，而
转眼之间，水流又平，山暗树明，又见一村，山色如勾甬，而奇
在重叠绵亘。于此始念六年来在杭有极便利之公路而不知
抽时旅行浙江佳山水，乃乘今日避难而始领略一二也。午后
偕文莱行岸上里许，助舟人拉纤，拔畦中萝卜（是亦突来之窃
行也，应戒），盖元旦不见国徽，不敢不践国壤以作我爱家邦
之念耳。既停范村，时约五时，乃即滩上席地而食萝卜青菜，
味之甚甘，天已昏矣。又相偕在坡上寻小径至村舍，叩扉入
一杜姓家市鸡卵，每个仅四十八文。民人絮絮问，陷省之敌
人杀人放火否？慰其人山深可勿避也。上江乡人质朴而勤

6

农牧，其家有鸡鹅，畜小猪二十头，惟战事作，火腿无销，商人不腌制，猪肉价贱每元多至十斤，虽曰山民，生计亦骤受战事之祸矣。

舟中阅《启示录》之四骑士。晚又阅一本邵力行之《日本虚实》，材杂文芜，著者俗人，然不可谓非有心人也。八时入睡。

一月二日　星期日　阴历十二月初一日

五时半醒，辨明而起。登岸滩，望山中云气蔽山顶，别有风味。顷之，红日出云表，舟以七时开行，不意顷之日光又敛，阴云弥天，天色又愁淡不展矣。

瑞安张君慕骞曩岁相识白下，在南雍有讲诵之雅，好学多闻，师余而余友视之。比岁相共浙馆，匡助孔多。近年主编《文澜学报》，尤穷搜勤述，尊老好问，省垣老辈知者，靡不器而称之。一从乱作，同避兰溪。亲老倚闾，余亦示意属归。旬日前信来，拳拳以馆书及同人为念，往还读之，意乱久不裁

7

答，今日在舟中为作一长信以慰之。

十时，舟泊武义武阳之履坦镇。相偕上岸，一览街巷风光。有民家二百余，市肆尚盛。有徐氏宗祠，为镇中大族，旌匾累累，明清代有显宦。适有县吏来检阅壮丁，闻其点名，归途则场中阒无人矣。各乡之壮丁训练，实不副名可知。

午后小寐。因舟行闷损，偕叔同、文莱同上岸步行四五里。舟人言其间江水滩最浅而难行，所见石多大块，舟人用力甚苦，率三四舟相系共进，则不仅同舟共济矣。所经有丁谢扬家湾等村。五时余舟泊闸口，江中过宿。今日行四十里。

舟人陈姓，为言江上生意之艰难。渠以今年四月造此小舟仅小四窗者，费资百五十元（迩时桐油较贵），以天旱不能行者二月。入夏下驶至杭，偶有营业，不久而战事作，军队执役，往往每百里给二元，而实际上舟主人给纤夫之数且倍，又供膳与纤夫。船伙用力多食易饿，日常四五次普通晨六时、十时、二时、六时或更多一次不定，所费尤不计。闻自金、兰吃紧，上江车轿资微增，渠语近日自金至永康，人力车索十二元，舆资二十元，且不易得，而车轿之本钱则甚薄。记之以见舟人本苦，战时乃愈苦，然犹幸在上驶，若在杭、富、桐间，闻为阻敌故,日前竟被焚民船无数也。自金华至永康凡一百四十里,以水势多弯曲,陆行则不过百里,永康至方岩为五十里,自永康以上水势更小,并竹筏亦无之云。

一月三日　星期一　阴历十二月初二日　自武义到达永康

舟以六时行,天犹黑。七时一刻起身,啜舟人所煮粥,甚美。念乱离中之难民,嗷嗷不得食,天寒不免冻馁转沟壑者,视被敌残杀尤酷,意为恻然。

续作信,写完致慕骞信,并邮书寄二兄汉口。然近日不审是否在汉也。

三日未见报,不知前方战况竟何如。文莱言梦诸暨已失,岂果已危耶?舟至武义之相琴镇,水甚浅不能上驶(舟人甚忠实,为雇竹筏运物乃离舟)。乃在镇上刺探消息,据店肆中人言,萧山江岸确曾吃紧,但二日来则前方转优势,敌有退出杭州城外二十里之说云。意疑似不能详,及抵永康,乃在民众教育馆得阅本日之《正报》及《东南日报》,所记翔确,乃

9

知浙西沿线我军确已收复南星桥,敌军退拱宸桥、笕桥。先是上月廿三日我军不战而退出杭州,敌以廿四日进城,先一日我方已炸毁钱江大桥之一部分,集民舟退南岸,而退军军心已馁,致廿六日即失富阳,余杭、临安亦随失,退至桐庐附近之方家井相持,故建德吃紧。小股敌又在闻堰富春江图上陆。金华受空袭,金、兰间遂亦大恐慌。迄至除夕前,炮轰尤烈,敌军在大桥架硬橡皮等企图渡江。金华在是日最为惊慌,报馆中人亦认为退却将甚速。及一月二日我军有新部队开到,由富阳猛冲四十里,其先皖、浙间有激战,收复广德。敌以前线屏障不稳,遂向笕桥方面撤退,故有二日九时某师渡江后收复南星桥之结果。盖皖边沿线力战之效。杭方则为战略的、受迫的撤退,非直接奏捷也。在节节退却之余,阅报为之一振,然由其动因想知敌又有以退为进之准备,则又不禁殷忧。

自昨停泊处至永康舟行为卅五里,今日由六时至十时半,约行十五里抵桐琴镇,永邑第一大镇也有三四百家。至此水愈浅,小舟不能行,徇舟子请,俱舍舟登陆,而以行李书物装竹筏上。叔同已先自上岸行,勤工二人随之。永缙病足,余遂与渠俱雇舆行。伯均、文莱徒步从舆行，自一时至二时半而到永康，会聚叔同于茶肆待竹筏，至五时方到。

永康位金华之东，设县始于吴，宋世有陈龙川经制之学，永邑尤著闻于世。在昔浙赣路未辟，永康之繁华在金属中仅次于兰溪。今行其西南乡，乡野间则田畴整秀，见其农事之勤，道途平修，凉亭毗接亭上多写捐建者之姓名，尤以妇女为多，知其风气之厚。舆夫永人，而尝客杭、绍者，于时局所晓颇多，途遇邮童，必欲截阅其新到报，其关切战事有足尚也。据舆夫云，永邑人浮于田，武义则田浮于人，故永邑田贵者至每亩二百元云。

许雪昆自兰溪来永已一星期矣，寓县立图书馆。叔同前赁得之屋已为他人租去，乃因县图书馆王馆长之介绍，已租得由义巷四十四号徐姓民房，借得一案二榻，昏夜雨雪乍止，匆匆迁入被铺。在街上用膳即返寓宿，与叔同谈教育厅情形。

竹筏未到前，在埠头观陈氏总祠。龙川先生正支已迁义乌，在永裔不多，不知与吾宗会族否。参观民众教育馆，与卢馆长一谈。

一月四日　星期二　在永康

省政府自十二月初改组，黄主席①即定迁治永康。事先各厅已迁金华，杭垣既失，遂陆续移永康之方岩（离永康约五十里）。杭市府余员及富、桐各县长亦多来此。审计处迁永康城中，《东南日报》、省党部亦逐渐迁来，以民教馆为寄存物件处。学校如杭高学生仅六十人左右将迁丽水，项校长昨曾来此转丽。昨晚晤金晓晚，知湘湖师范将移松阳，大约未遣散。各省立学校多数将迁往丽水也。

今日上午永康县立图书馆长王毅人先生（亮熙）来访，高年蔼然可亲。谈永康风土文教情形，教育经费甚绌，该馆上年岁费六百余元王馆长廿三年接事，经费为四百元，后略增至此，今岁仅三百元（馆长月支津贴十六元，馆员一人十元，于此自想，更感六年来省帑给高薪，大是取过于分，益自惕愧），又言该馆曩得邑人助房舍，值四千元，而旋充法院应用，法院仅出三

---

① 整理者按，即黄绍竑，字季宽。

百金，**修尊经阁为图书馆**，另拨公田提存为异日建馆用，然至今未结此案，亦以见为政者之轻教育而视图书事业、视小学更下之也。旋即随王馆长赴县图书馆谈许久，参观其书库。是馆虽费绌，但旅外之邑人士多捐资市书为助，有《四部丛刊》一二三编、《丛书集成》、《四库珍本》，在地方图书馆中为不可多得矣。然类分不明，部署零乱，则又老辈管图书馆珍藏观念之通弊也。

永康学风亦似不振，邑中藏书者少，推吕氏卢氏二家。前省长吕公望为邑中巨绅，颇有秘籍钞本。又据王先生语余，道咸间邑人有吴琴澜者，藏书甚富，太平之乱多失。吴自外归，见书残失，一恸咯血而绝，是亦书林轶话也。

永邑土质劣而地价甚贵，盖商业落后，无银钱业以吸收余剩资本，而农人习勤，田事甚力故也。通常每亩多六十元以上，至有三百元者。此间田一年三获种豆种麦更种稻，农作时民人憔悴倍常，此可为生事较易之甬人风也。

旁午核计二月来为本馆代账，下午整理图书，阅本日《东南日报》，载我军已进杭州，进薄笕桥矣。然电讯简而不详，不知真相究竟如何。旁晚遇杭师学生，询知徐校长旭东住新新旅社,往访之,知健中所表示,殊未可乐观。保安处宣处长①言敌以杭势不稳而退,有自海宁渡江袭绍之企图。果尔,不仅甬绍一带可忧已也。

县图书馆王馆长柬来,邀至公信茂旅莱社晚叙,不能却也。同席有邑之耆宿应仲华先生均、卢士恭先生名旌贤(住下丽镇迎曦门)、楼先生,余为同事叔同、文莱、雪昆。邑人王式园先生久客杭州,为旧识,今迁眷归籍,亦在席。席间询永康私家藏书情形,卢先生颇有搜藏云,暑中虽来孤山观书,余未遇也。应先生年六十四,殊龙钟,询以陈同甫后人,似不甚留意邦献者。王馆长言,陈公后人迁义乌为多云。又谈永康修志事。民国二十年七月邑令丘远雄重印光绪十七年本邑志(李汝为修),费数百元。近设修志会,诸君皆与其役,县拨及贷借八百元皆已罄,近乃无资任事,采访稀有进行;询及鄞志经费之巨,皆为称羡云。

《东南日报》迁金华以后,编辑愈逊于前。消息来源之少犹为时局事实所限,惟编次命题亦多错陋,评论尤幼稚不堪。

县商会会长程士毅先生今日亦被邀,未来。程先生亦老辈通文墨者云。

---

① 整理者按,即宣铁吾,时任浙江省保安处长。

某公费中央十万金左右为报社建大厦，独不知延揽人才，改善实质。评文在今日浙中不易见，内地报、上海报又停版之时，实极重要，而仍空言无物，大抵仍多许廑父执笔（严北溟亦间为之）。严尚好学，许君则耽说部戏剧，最爱捧角，其思想陈腐，何能作论，以现在内容观之，且逊于甬之《时事公报》，又乌得自矜以为领导东南舆论？若仅以房子与销数傲他报，则吾无间言矣。

自长江下游节节失利，浙东学校亦惊皇，杭垣各校多纷纷迁地。其它省立学校有放假解散者，厅长许绍棣于此久无具体办法，意态消沉，似以学校分散减少担负为得计者。近则筹备青年训练团，以收容失学青年，严格训练为揭橥。然亦未委定各部主要人员，其师资能力何如，思想上足以领导否，殊为问题。与旭东谈此事，渠主张教厅宜就全浙办一临时中学，一临时师范，即无青年团之创设，或反较切实有效。余颇韪其论。杭师前在建尚有六十四人，后又续有分散，今存卅余人，有廿余人随浦江某教员赴浦工作，故仅留十余人将赴丽水加入青年团云。非常时期之教育乃修正经常时之教育，而有以补充增益之，非另有一套非常训练取而代之，根本打销基本训练也。时流好矜"非常"之美名,结果且破坏原有而特殊者,未见建设有效,失败之征已见矣。今乃犹先立组织而不知先延人才,不复顾维持原有之残存者为急务,可慨也。

一月五日　星期三

　　在永康。赴城北方岩与教厅接洽公务,并游览名胜。

　　省政府既定迁永康,即相地于邑北之方岩镇,教育厅亦以十二月廿四日后陆续迁往某旅行社办公。余等既到永,即宜报到,又为以后方针有所请商,于今日往。晨八时待汽车不得,知十时丽东汽车经世雅距方岩十里,而无直放车,乃雇人力车往。沿途皆沙土瘠地,强半松林,偶有菜圃,村落稀疏。自九时至午刻抵方岩行四十五里,在望兄处午膳。方岩以大岩著称,宋胡公则①居此,有胡公殿,亦永邑名胜古迹之首屈者,爰请望兄导往游。滕叔书及谢惠君建德民教馆职员,赴教厅

————————
　　①　整理者按,胡公则,即胡则,宋代名宦。

领款者偕行。拾级达其颠,风光无何秀特,惟整治颇絜(栏、级颜吕留耕堂建,殆即吕公望家)。胡公殿在山顶。前殿为胡塑像,中殿为佛殿(故门署广慈寺),后殿则胡公冕旒像,以诸神配享,犹是三教合贯之遗意也。在胡公殿求签,为自己行止方针。乃签有云"不如缩手度光阴",余解为就保守现状,勿离馆职。望兄则谓"缩"为推却之义,至此不能成我理想,可以退返初服矣。望兄于我大学教职极为同情,以为战局延长,图书馆仅保管,无事可为,枯守无益。浙大既有相需,向教厅告假而赴之,非不近情,并已为林黎叔先生言之,渠就私谊上亦同意自请告假停薪之办法。惟余意终踌躇。又今日游山后,归时已迟,而与馆友有事待洽,不得留宿,故未与林先生商谈及此也。

自方岩山后行,可抵五峰书院。据邑志,为朱子、陈龙川讲学处。明正德间应石门先生创建,祀王阳明,而以邑先达祔。省府现迁住于此,今日以时晏,仅望见其庐,未能绕道往也。方岩风景无多足观,惟五峰为宋贤读书、明儒讲学地,缅怀往哲遗风,知八婺风气敦厚之有自,不禁心向往之。

三时方下山,至教育厅办事处访晤张彭年科长及郑管秋君,报告迁移来建及运书经过与紧缩后现状,商定于教厅成立青年训练团后,由本馆设一流通部。晤林秘书,见彼事颇忙,与略谈数语,约以稍缓再来焉。

自方城返永城,天已黑,六时四十分矣。灯下与叔同、文莱、雪昆商赴杭事。

晤温中杨校长及温师教员金君,知温师亦解散矣。民教实校亦以十二月中分散。杭各校惟杭高迁丽水尚百许人。杭师余十余人加入青年团,女中留十余人随教员孙君赴温州中学借读。杭初中当亦解散,此外金华农校在永设办事处,亦在结束中,湘师则迁松阳。于是省立各校在教厅领导下者,殆惟杭高、湘师、温中、处中、衢中数校而已。维持原状诚多问题,然迁移归并非无办法,顾许某一若惟恐学校之不散也,可叹。

一月六日　星期四

前当再度赴杭运书,留馆工守馆舍者尚六人,更有印行所庶务孙金三亦属留守。存费仅能应付运资,于十二月薪外未留资。叔同以廿一日送生活费往至绍兴，以势危不前，回抵兰溪，杭已失陷矣。孙君与诸馆工之生活良可念，不知事先曾他往否。前日闻杭垣克复，虽消息极混沌莫明，然近数日间敌在战略上殆不主进，则正为赴杭一良机。以叔同来往已甚疲累，前日乃属文莱往，告以沿途可探听前言情形，万一敌未肃清，情势紧急，则勿往。雪昆为陪其子赴甬亲戚家，亦愿赴杭一行，遂偕往。为拟定分发薪津数及运书版与期刊分散等办法。十时，文莱等动身乘车赴东阳，自东阳之嵊，自嵊之曹娥，买小舟之西■(其?)江边渡江。及午顷得阅今日《东南日报》，乃谓城皇山仍在激战中，又谓临余敌千余窜富阳，则杭敌人并未肃清，前途未可知，文莱能否入杭，殆未可知。

昨日得竑弟来信，谓杭垣失后，甬地风声日紧，已接三女孩并赴相岙，莹亦随往母家。想见甬慈间人心之惊惶。迁相岙亦非善策，因离北乡太近，然目前或不即有变。大哥仍镇定，在官桥亦殊非妥。晨作一信答竑弟，未及另函致大兄，又迨儿、约儿并有信来，拟明日作一信告近状，且致勉也。

上午整理案卷存物，下午批阅一月来公文，并拟改叔同所拟关于运书之呈文。为借床赴永康县立中学一行，未遇校长。聿茂兄来谈。博物馆留员四人同来,亦赁居于城区泥巷四号。王馆长来,以翻印《永康县志》四册见赠,可感也。

下午雨雪,但不大。天略寒,不如杭之严冷。闻此间冬令罕雪云。

晚间阅《永康县志》列传、学校各门。

欲作之信甚多,意懒时短,皆未为。如草呈文,文字上可为助者又太少,奈何。

数日来夜眠杂梦常多,固由于心境不佳,亦可见神经之益损健全。余素质驽而心细,思想平庸而杂念纷多。忆大兄尝应某生索书一单幅,有云"少年治事贵有精神,养精葆神之道无他,知节焉而已。不但嗜欲宜节,即思虑亦宜用之有度,庶几精神充盈,处事敏而行己不疲也"。言甚可师。夫思虑岂可不用,即过用之,若为高远而有助立身处世者,亦不伤身。所谓"学而不思则罔",所谓"昧昧我思之",皆思想之思,而余之思绪纷纭,则杂念也。杂念难克,即牵虑驳杂,且使行事不勇。终由读书不多,太无涵养,纷驰脑际,夜发成梦。今后欲健身当减梦,欲减梦当节杂念,节杂念尤当读修养有助之书,而人事仆仆,牵累日多,而国运屯塞,前途多棘,何能约以事己,俾乃留多时以读书养心耶?

永康县立中学亦散学,小学无形停顿,民教馆亦无工作表现。甚矣,知识分子之临难脱逃也。

一月七日　星期五　阴历十二月初六日

到永康后第五日。

上午赴永康县立中学访胡子康校长商借铺板,归途过黄圯巷省立西湖博物馆,访董馆长一叙(访王式园不遇)。

下午三时闷坐,作呈文又感无聊,步出街头,过西津桥下耶稣堂,浙省审计处临时办事处在其中。入内访老友陆元同兄,谈该处情形及时事。陆君字无恙,常熟人,殷勤留膳,饭后送我回寓。

为本馆迁运图书分藏情形及附设印行所迁运公物分藏各地情形,重拟两呈文,交柳生钞录,准备呈报教厅。此次迁运图书费尽心力,而大部分仍留杭垣,虽分散于民房(场官弄、银货板巷及岳坟路各地),悉不存馆,究之仍不放心。其迁出者除四库善本系八月间已运，此次并迁藏于绪塘、松阳坞外，大致为：本省方志及各省通志，大部丛书，集部之一小部分，西文图书全部，合计之不足四万册，仅约存书八分之一。余自偕叔同、汪生闻兴装出之方志、西文精贵书，已迁兰溪殿口三峰殿皮藏。其余则悉数存藏于建德西北乡松阳坞仇姓民房，由虞培兰、汪闻兴二君管理。最所不安者为文澜《四库全书》。几经面陈教厅当局，以迁往内省为宜，而迄不得要领每谓内地亦不安全，岂不知相对的安全，自有差殊。今既无余钱又无交通工具，无米之炊，前已饱受痛苦，今将安所效力。瞻念万一疏失，将何以对浙人，何以对文化，不禁殷忧，尤不禁对主持教育行政者致其愤愤也。

附设印行所经史叔同主持迁运，印机卸除重要另件密藏，铅字悉熔字，铅分藏万家山等处，铜模亦另藏。然此种苦做恐亦徒致人疑议，而以后恢复营业尤大不易。至印行所人欠欠人，不易清理，战后印户欠账难收，欠债宜还，亦主馆务人有责任者也。

叔同今日赴太平访友并游方岩。

另拟呈报迁移办事处于永康及呈报十一月十二月份工

作情形两呈文。叔同不常动笔，现虽事闲，但此类例行事却不能不自己动手矣。

永康抗敌后援会在吕公望将军指挥下，于组织游击队训练，闻极为切实有效。即城区壮丁训练亦甚认真、时间颇长，壮丁雄昂而意态激奋，尤为他处所不及。故在现状作战目的在逼胁中枢，其武汉之方向似系急攻，徐州自陇海、平汉会师郑州而进，即攻南昌，亦不必定循金属铁路线而行，重以浙东多山，民气较悍之二条件，殆敌人未必走深入浙东之较难路径也。

今日报载津浦线收复明光，逼嘉山，皖东则进薄宣城，惟杭嘉前线并不如前传之乐观。市区城皇山仍为敌占，市内昨有剧烈巷战，富阳又来敌千人闻余杭收复说不确，战线似又南移富春江两岸，互以炮轰，同时传象山口外到敌二巨舰，甬属另起一头之虞，亦可虑也。

永康人文，宋世则陈龙川之经制，胡公子正则（官至刑侍，晚知杭州）之仕绩与经学，明有应公石门典之理学，入清代更少学林驰名之人，街头有状元榜眼进士牌坊，细审之则皆元明间人，殆帖括俗学而无闻焉者也（学风之不振，交通经济大有关系，近代尤甚。杭江路通后，金、兰较易开化，汽车

道通达或于浙省文化之内向发展有益）。惟传奇所著名士流
播者又有一女子以诗艺画才与节烈称，旧志不载。光绪（邑
令李汝为）修县志备载其事，录之以志弱女子之高节，正可愧
煞今日士林中滔滔者临难而免、假公济私之人矣：

> 吴绛雪名宗爱，嫁于徐，工诗能画美姿色，名噪一时。
> 耿精忠叛，总兵徐尚朝欲得之，扬言以绛雪献乃免。绛
> 雪毅然往行，经卅里坑，投崖死。绛雪之诗，潘学使衍桐
> 《辍轩续录》畀之于闺秀之首，龚之麓题其诗册，彭刚直
> 玉麐、许农部、俞曲园皆有诗称扬之云。

一月八日　星期六

永康地处南而离海不远，气候较暖，今日始冰。永人皆
言冷。闻此邦冬日罕雪，今年亦偶雨雪而未积也，上江盛行
竹篾制手炉，男女多携以行，此间用之尤广，因持此而屈躬，
故人多俛，皆是亦陋俗宜革者也。

上午为《四库全书》呈报迁运现状，并呈请主持再运内地事，拟一长呈文。客有自公路局来者，谓公路网密布，苟有汽车可运书直达川滇，即汽油所费亦不多。向使省教育局知图书文物之重（浙西、江南流风遗韵犹多私家藏书，今皆沦战区，损失之巨可想。战后书必更稀贵，而公家藏书所关乃尤巨），以保全为急务，则提出省府会议，令公路局拨数辆卡车迁往内地各省，或更拨有限之款搬运，离公路入山乡，固易若反掌。在省府所费极微，而所保全者实大，特政权在握之新进者漂薄无识，轻易视之，如余守书亦徒深心余力绌之慨耳。

下午作致张晓峰①一信，告以馆务不能摆脱，拟乘此读书自修，守残余事业，不忍背弃以就大学。或先来吉安结束本期校课。历述心曲，不觉其词之长也。

张强邻来谈之江大学迁地及解散情形：该校当十一月中旬吃紧之时，师生多步行之建德，张君与数职员负责运图书仪器近则以美人明斯德言，之江为美人财产，可无虞，又搬回闸口云。

报载杭垣消息仍不明，敌初未全退，富阳似又失守，敌又试渡钱江被击退，惟津浦线复明光、薄嘉山。知日军在此方尚未拼主力，克徐州殆犹非其时也。

---

① 整理者按，即张其昀，时任浙江大学史地系主任。

25

以最近炮战情形度之，不见必全也，旋即同之屯溪赁茶场。学生已到三百余人，而南京旋失，皖边吃紧，无以再迁，遂中途散学，殊可惜。省立各样各校亦多迁近地，而至事急复解散，要不如先为远迁也。

顾文渊来。

四时访陈纯人不遇，与叔同同访王式园先生于旅寓。王君曾任财界事，亦好搜藏，亦鉴学，虽无所专而所知颇多。交游殊广，政商绅学各方多所联络，余在杭以文展事与相识。王君永康籍而久居杭，热心亢爽，谈锋甚健。

永康吕戴之将军公望，民国初年任本省督军兼省长，革命后隐退不出，抗日战作，则部署邑民，收编匪伍，主持壮丁训练，准备游击组织，赴事甚勇，邑人仰望。故他邑抗敌后援会每党部主持，工作往往落空，独此邑后援会工作颇切实，有军事的意义。吕公以常务委员资格，实主会事。当此之时，经常县政多停顿，司法亦异常轨，故要事多由抗敌会行之。县长不嫌分权，而转仰重之。吕性倜傥好客，家中食客常数十人，处事精神益然有余乐，闻省当局知其热心桑梓，颇与联络云。

一日县长宴客,以嘉善褚慧僧、东阳王桂林、△△叶焕章皆来永也。适先在,王式园、吕先生亦在,乘兴以便车同游方岩。因车之金华,归来已八时,始知县长邀宴,赴之。是日预定防空演习,九时余席散,商会会长陈季樵君陪诸客出街,经邑庙,保安警阻其携灯(陈本欲折回,又以外客多,不能不用灯疾行送归),言不逊而互争,警外来,不知何人,遽押之,事闻于县长,排解而释之,陈乃是辞商会及其它各职。白县长忠悫,意大难,竟得疾发热,至今方愈,是亦官场一趣闻矣。

吕在杭任职不久,政声尚佳,当时督、长兼理,意即军民并治,但当时督署势力复杂,周恭先凤歧久于治军,以参谋颇揽权,吕则常居省长公署,不问军事。浦江陈肇英时治兵嘉兴,以"清君侧"之名将反戈,吕难之,遂拂然去。杨善德继其后,盖在沪觊此职久也。王式园盛称吕公,为余言旧事如此。

永康语极难懂,东阳、义乌亦多用方言,不易解。或谓广东语"难懂而不难听",江北语"难听而不难懂",惟此土方言"难懂又难听",信然。

27

一月九日　星期日

今日星期,流迁办公无定程,即亦不觉其为例假与否也。

报载杭州敌仍据城皇山,轰我对江阵地。薄杭之我军似无进展,富阳得而复失。今日《正报》载我有再克富阳讯,然余杭、安吉、孝丰仍在敌手。消息远不及前三四天之佳,以为杭垣可复也。以今势观测,敌显然注重津浦线之贯通,猛攻徐州,图由陇海、平汉会师郑州,以逐薄武汉。浙赣路或非其目前所重,否则亦可由徽州南下开化、常山犯赣,不一定须由金属西上也。值天寒,敌似稍休,我乃稍见活跃,如军心不重振,犹未易乐观也。

上午写一信致大兄,详告近状,并告以闻伤兵处人言,将在大岚山设伤兵医院,则甬、绍似预备作战,希望家人能迁鄞西。然大兄镇定畏动,未见动听。叔同今日赴丽水,为作致孙庆禧民教馆长、赵仲亦校长各一信。修正公文。

下午友来访,并同出。

作明镐兄信,为定《大公报》事。

陆元同兄偕徐心孚（尔信）兄来访。徐君任富阳县长凡六年，近始卸职，在审计处佐理工作。在京本不甚相识，老同学大致多书生气，在浙中长县事者初不多见也。陆君甚健谈，相偕同至孝子坊徐君寓，纵谈国情民俗。陆君博闻善记，于民国以来中央地方人物之进退分合极为熟悉。

晚顾文渊来谈银行界情形。

北方伪组织中，王克敏杭人，曹汝霖则纯为上海县人，李思浩又为吾甬人，何浙人从敌者之多?! 殷汝耕籍平阳，亦浙人，皆可为浙人愧死。

东北西北军将领中有籍隶南方者，似不多见。如东北军之何柱国为江苏崇明人，而西北军之庞炳勋为广西□人，商震则为浙之绍人也。[①]

北方人不免固陋，而江南人又浮夸寡断，友人某予江南人一谥曰"腻"字，予谥北人一"陋"字，亦颇近是。

拟作信，颇倦，早寝。

---

① 编者按，此处著者原记有误，何柱国为广西容县人，庞炳勋为江苏崇明人。

一月十日　星期一

　　此间民家多畜鸡豕，而公鸡晨啼既早且频，殊妨睡眠。今晨四时许即为鸡啼而醒。既明略寐起，已逾七时。客中念私忧国，晚来多梦，精神殊不适。欲得知前线消息，惟有《东南日报》，而读之又每感失望，不但消息欠翔实无轻重多矛盾，而社论一篇每日空论幼稚。今日一文更不通，如此而欲为本省领袖报纸，且颜"东南"广大之名义以自娱，亦太不自量矣。主者言，为顾全同人生活，并不裁员，顾何以编次方式亦大逊在杭出版时邪？

　　为定《大公报》事作致王芸生先生一信。

　　报载津浦北线战事略有进展，南线则大炸蚌埠，又闻敌在浙西实力原为七联队，今以皖局吃紧，调往三联队，对浙境一进不取攻势。然弥漫一般社会之此种苟安心理，太无聊矣。

　　今日作信多笺：一、为馆事致函汪闻兴在建德松阳坞，复毛春翔曾来信询"四库"情形，复金志文。二、为乡村小学事致□山石克五,致农泽郑善林。三为家事致姪弟、禀外舅。灯下复答迫、约二孩一信,告以半月来之行径。勖以在此非常时间,应勤劳并自修用功。四、寄二兄汉口,托明镐转,告以迁动近状,并述及浙大邀我入赣专任,询以彼之意见云。

叔同昨赴丽水,今晚归。述及民教馆孙庆禧馆长颇愿相助,如往赁居办事无困难,惟生活价较贵云。永康有城而无垣,处属各县据云仅丽水、青田有城垣,公路必经缙云,街市情形尤瘠陋云。

接阅誊正之呈教厅公事,明日拟自寄去,凡七:密呈,呈报馆书迁藏情形;呈报印行所停业及公物迁藏情形;密呈,报告《四库全书》迁地及拟请主持续迁内地;呈报迁地办公;呈报最近二月来工作概要及紧缩经过;呈送九、十月份报销册据;呈送"四库"装运特费册据。

一月十一日　星期二

到永康已足一星期。曾赴方岩教育厅报告。今日为面送呈件,再往一行,并图游览前未经地。稽地岂乐游,亦以稍遣抑塞忧愤耳。

省府既迁方岩,与永康城区联络事渐多,原为丽东汽车经世牙①再步往十里可达,自今日起有直放车可抵岩口。余以十时半附该汽车,旁午到达教厅,在望兄处膳。适旁晚甬工校校长王诗城君来,望兄邀同在酒家膳,并在教厅留宿(教厅所赁办公处原为旅社,曰程振兴。建厅会计处亦在一旅社。财厅初来此,闻先迁处州。省府、民厅在五峰书院,省党部今改迁胡公家祠)。

午后与望兄同步山麓,谈及余事,望兄仍劝应浙大之聘,余意犹犹豫也。遇奉化陈南章先生,知仍在省府任秘书。省府自上月改组,秘书多更,现任有赖宗湘、徐某、夏翀,尚有助理秘书二人,而于陈则改其名为特务秘书。夏以卑职夤缘为民厅科长,善承上侮下,调此职。各厅大批裁员,省秘书乃至六人,何为耶? 遂请彼偕游寿山五峰书院,便道访今秘书长李立民先生。三年前曾以公事相识者。五峰书院相传为朱晦翁、吕东莱、陈龙川读书讲学处。

_____

① 整理者按,原文如此,即前文之世雅。

明代邑儒应石门典等于此讲阳明之学,创为丽泽祠(在院之偏左处),以祀朱、吕、陈。郡守遂重建书院,以存讲堂之旧。清季邑人复建学易斋于其左,地在方岩北二里许。其山石壁如削,环成拱形,依稀若五峰(有桃花有红石故名、瀑布、鸡鸣、覆釜、固厚等名)。其前溪水一泓殊清绝。余自学易斋登院堂,所祀乡贤并于两壁录小传,邵翼如过此制楹联云:"哲匠曾传东浙学,古香犹忆先哲贤。"其人殊无足取,其书尚得体也。■(彭?)公家祠在其东,原为寿山寺,即洞支木为之,不施椽瓦,而风雨莫及有朱子丹书"兜率台"三字。自此出,徘徊山坡道上久之。念金华各邑在宋世哲儒辈出,蔚成学统。明世尚有浦江宋文宪、义乌王忠文祎,而自清以来,罕闻醇儒,惟以科名自矜耀,而甬、绍遂上绍庆历、淳熙之学风,名儒继出,蔚为浙学之重心。此岂果地气有时而尽,亦曰明清间大儒之教稀被于此邦耳。今交通益便,即永康亦设有中学,而此邦之风气固儳犹是,司邑教者岂果仅奉行励令,而可不亟就重振学风加之意乎?

自山下信步至岩下街,过一浴室洗澡,体为一爽。

为《四库全书》是否续迁事既自撰密呈面递矣,今日复行为张彭年科长一谈。途中遇郑烈荪文礼先生[1]亦以此为询，意谓建德殊不可靠。访李立民先生，并为陈此事之重要。渠言兹事系文物之重，如教厅确定迁往目标，当属公路局竭力备车供运。及晚访厅长许先生，先陈迁来办公运书及紧缩之情形，继遂陈述建德松阳坞离公路仅十里，其地易沦战区，最好迁往他省。许先生于前二度相见时对此事甚冷淡，今日尚同情，惟致慨于公路局之弊政，云此次迁移，并省府索车亦无之，则李立民先生语实现否犹一问题。旋谓外省臂长莫及，可就处属物色一地，渠当与交通处商借车。许先生方批阅青年训练团计划，近于此事甚兴奋，今日亦多为□举办此事之旨趣，且谓黄主席之意几以为浙省在目前已无经常教育之需要，可将所有省立各校皆停而集中于训练团，惟余许自称以某部分经常教育基本训练亦自有需要，故不尽从，然以一般人看法，学校停办已太多。如省立宁中、绍中皆二月前停课，而教厅从之。杭师、民教、实校、严中皆授意停办。尤可惜者为杭州高中。项校长定荣初迁校于金华，上月将招

---

[1] 整理者按，郑时任浙江省高等法院院长。

生，许示意秘书林先生阻之。迁丽水散学时，学生颇减，许
先生以为可并入金中。定荣来晤，上车时犹与许先生相见
而未言，及回抵丽水，则已来停办之令矣。闻林先生曾劝
止，不见听。已往教育诚应改革一番，然受特殊训练，究为
一部分人所愿，矧以杭高为本省程度最好之高中，自有优良
学风，辗转迁校而仍出于中辍，殊不合理。大抵许之办事果
毅有余而周慎不足，又刚愎率性，不采负责任有识见者之忠
言，而易与阿谀迎合者相接近，其损失岂仅彼一人之事
业耶。

　　闻诗城谈甬上情形，知十二月秒时，■（极？）为恐慌。当
时有日舰驶近说。镇海某码头奉主席命炸毁，声震甬上，住
民多惊传相避。甬沪除夕又曾停航，近闻沪杭轮复通虞洽卿
先生曾来甬三天，始渐镇定。更可笑者则当除夕顷，敌兵偷渡
垂成之际，绍、曹忽传敌已过江东区，刘建绪遂令路局将在曹
娥、余姚一带之客车共四十节烧毁之，火光冲天，慈西大震，
实则是晚消息已好转。或以暂缓为请，执不可。夫焦土抗
战，谓虽至焦土犹抗战也。今必解以炸毁物力于退败之时，
即不能不然，亦何至萧、曹未警，而慈、姚先焚车耶？此与某

军于富阳失守，即全烧桐庐民船如此一辙，亦以见主军者挫敌焰则不足，毁公物、摧民力则有余也。

前公路局长徐学禹，以先烈徐伯荪之子，自耀于当局，乃夤缘为沪电局长，朱骝先信任之，今岁来接事公路局于前次伍廷飏任厅长时，调江家瑁暂代局务，颇为整饬。此次乃乘战乱之间大胆妄行，搜括无数，其事即晚清败政中亦不敢公然妄行至此，可谓处极刑有余辜也。徐之主路局，乘战事遝逼，复兼长全省汽车总队部、船舶总队部，征用民船及商营汽车甚多，乃在任时既浪用浮报薪额各超于建厅相称之职，复将汽油大量私售，移交时竟一空，且将征用之商用汽车于移交前悉还商家，以市惠渔利，或竟转售，致一时军运大成问题。闻其人已在逃，而继之者陈琮，复舞弊营私而去。今省府改设交通处，委魏某主其事，闻于汽车船舶将加调整，不知多时能有实效。政治积弊，因作战而益暴露，此第趁火打劫之一例耳。他省他端，其事何可限量，苟不彻底改革，虽军事取胜，何益哉！

闻黄主席于军事主激进，但亦躁急。一月来浙战似无着效，而于地方爱护之念则甚薄。杭垣退出前之自毁电厂,颇诒①物议。闻近来于退败地之建设或公路犹常以一炸字答之。于此前主席朱骝先②今在报端发表一谈话,抨击时流所谓焦土抗战与游击战术之误解。彼谓:"军队撤退时,往往将当地所有无关军事之建设及民间财物予以毁坏,并不为沦入战区同胞着想……不知在都市繁盛、人口稠密之区实属无野可清,盖交通便利,岂能以此制敌……倘以敌之将施者先自施,使他日规复失地时无可凭藉,则但见自己摧毁,且予敌以行使小惠之机会耳。"朱之言此虽不无悻悻意,明訾讥后任,然其意自可思也。

一月十二日　星期三

自方岩作灵岩之游。

友人陈寥士五峰书院诗有云:"乱时岂好游,借游遣悲趣。"余在杭供职将六载,浙境公路便利至此,独稀作旅游。

---

①　整理者按,当为贻之笔误。
②　整理者按,即朱家骅,字骝先。

今来僻城，闷居无聊，忧时无裨，不如小游。灵岩距方岩十里，今日遂独往一游。

灵岩在方岩西十里而强，舆行经山坡，遇石鼓寮，朱子所曾游。里人今即洞为屋，行道须二里，未往观也。稍行为西村，民家数十户，皆杂种豆麦，怡然若不闻世乱者。绕道又临岩山，拾级上，则灵岩福善寺之后门也。岩山高约百丈余，有石洞前后豁通，上下左右皆砥平，谓天然未施人功（据云深二十丈，宽五丈，可容数百人）。寺简陋，惟即岩洞为顶底，不施椽瓦为异。祀观音等佛像外，复祀宋应少师孟明像（邑志载孟明以直谏受知人主，官至户部侍郎。其奏言有可取者，如云："贤士匿于下僚，忠言壅于上闻。……君臣之间，戒惧而不自恃，勤劳而不自宁，以民隐为忧，以边陲为警，则政治自修"云。仅此四语，今当局能取其一二，国家蒙□多矣）。其傍有碑勒清邑丞吴廷康像，盖以历修名胜系邑人去思者也。至寺前寻应公之墓，松林甚多。田夫方勤冬作，念吾乡农人不及也。以原舆归，适逾午，以林先生约诗城与余同在酒家午膳。公务人员犹有粱肉，抑又几人能以民瘼为念哉。

省政府初迁金华，教厅则在王滩架电话、扩道路，所费亦数千元。今闻省府来永,以五峰书院与汽车站相隔里余,径狭不通车,则雇民夫填沟造路,闻丽水办二项训练,省府不久将迁。然为治路所费至万二千金,浙民流离失所者多矣,省帑纵绌,即此万金以益救济事业何如哉。

午后与林先生谈个人出处问题,林先生劝余乘此时自藏,以待来日,以不赴赣为是。三时附建设厅车归永康,灯下阅报闲谈。九时半寝。

一月十三日　星期四

天阴霾稍冷,有雪意,客中始堆炭生火。

上月得北平图书馆馆长袁守和①先生来信,于余前月去信道及国际宣传事,谓已由协会去电英、法、美、比、瑞各国学术团体,又谓正征集各地图书文化被损毁之照片,托余在浙留意。今日自拟一复,详告馆藏迁移情形,于南浔嘉业楼之

①　整理者按,即袁同礼,字守和。

传闻珍籍被敌攘取，亦有述及。忆年前游南浔，观书嘉业堂者七日，以后虽与主人刘翰怡先生通一信，为征借珍本在浙江文展会陈列。后闻中央研究院以万金向刘氏购得《明实录》，并正进行商售事。余意欲由浙馆购取其中之浙人作集，建议省当局，而省帑支绌，战争旋作。今闻十一月间敌入南浔，焚烧甚烈，嘉业堂书则有运往日本之传闻，信然，诚吾浙书林之一劫。浙中私家藏书在明已盛，清世而绵延，与江南相望。嘉业楼晚起，为全浙今日私藏之巨擘。主人为嗜欲伤财，而当局于危时不为设法迁运，则又当道之责也。因悔余主浙馆，不尽力建议于朱先生①，积极为馆购取其一部分，则今日之失，亦分其咎。江南为图书文物之府，而挽近浙西藏书之风又视浙东为盛。今战事遍及江南浙西，即图书之浩劫已为空前所未有，然以言民力国富之摧毁，则此言犹为书生小见矣。

　　阅《永康县志·人物志》。

　　阅《中国军人魂》二章。

----

① 　整理者按，指朱家骅，1936 年 12 月至 1937 年 11 月任浙江省主席。

报载济宁失陷,津浦北段吃紧,敌有急攻徐州,由陇海进薄河南企图。又传海宁一带汽艇集中,有观海卫登陆趋向。要之,通讯社消息亦多猜测不可恃。《正报》载称传富阳里山有敌盘据,向临、浦炮击。果尔,则敌在富境已渡江,岂其避开萧山,遂由临浦攻诸暨,袭断浙赣北段耶?待明日报讯,方可征实其真相。

从甬友来永者得见新出一月九日之《时报》,盖月余未见沪上报纸矣。各报多停刊,《时报》独赓续,且民族抗战之意味仍浓厚,殆有法人为其背景。据载汉口八日路透电,谓"中国军事当局举行最高会议",阎锡山、宋哲元、白崇禧、唐生智等俱到,决定最短期以日已深入,军力正不敷应付,我将全线改取反攻。会毕各携方略返任地。又何应钦已受任为参谋总长,战争将有新的开展。报载济宁抗战较烈,当即会后主将激励之故。战事之相当转机,当于此废历残年中觇之。又报载有路透所传"中国共产党将举行代表大会,讨论对日继续抗战方略及选举"消息。周恩来、彭德怀、毛泽东、朱德皆出席云云。此二消息皆值得注意,《东南日报》皆讳之不及,虽或自具用心,然正面之通讯可以透露政府大计之消息,亦激奋人心之一道,奈何不事博采而略涉之耶?
(又该二报原曾在杭,而在退出杭州至杭垣失守之一月余,
亦无长篇杭州通讯,至今日敌氛占领,自更无冒险在杭郊
西兴刺探实情以辗转寄讯者,与日本记者之牺牲精神比
况之,亦见我文人之不竞已甚。奈何青年人之不效死而
不守耶?)

月前游方岩,前日游寿山,昨游灵岩,足以代表永康之胜
境古迹,陈君寥士好诗,随省府建设厅流迁,所至皆有吟咏,
然似平稳无雄伟气,惟《永康道中怀陈同甫》一律颇有神可
诵,为录之于此:

> 我来淳固刚明地,想见英多绝特人。
> 雄辩直窥王露奥,旷才欲勒海桑春。
> 弥天逸气茫无极,酌古高文锐有神。
> 磊落不忘忠爱志,满腔愤悱泣孤臣。

余拙不能诗而好读诗,尤爱友人诗。寥士气味不甚相投,
而先师冯回风先生门下后进而擅诗者,群推寥士。时人梁众

异、曹纕蘅等皆称之①。此什②有想见句、酌古高文句,尤若乃木诗之神味,读之亦雄壮可诵也。不能诗,不能写胸中之感念悲欢,亦一生之一憾事。五时,陈石民兄蚕丝职校校长来,饭后偕步街上,后又长谈至夜分。

一月十四日　星期五

昨晚与石民兄畅谈时事,本省教育界事及彼经营蚕校之历史。同是浙东人,质直坦白,虽夙昔不甚熟,竟甚投契。因念浙东、浙西地味人性隐然有分,虽亦自有例外,然大要自不相掩。大抵浙西秉水性,水动而清,故其人淡雅机敏为其长,而其弊则有流于巧黠规避,重私寡义者。浙东秉山性,山凝定厚重,故其人有粗犷固滞者是其短,而大多皆敦壮诚厚,任侠敢为为其长。自海上

---

① 整理者按,回风先生,即冯开,字阶青,别号回风亭长,善诗词。梁众异即梁鸿志;曹纕蘅,即曹经元。
② 整理者按,此字前原有"篇"字,涂去未补。

开市，杭、绍建路，于是甬、绍颇染沪、杭风习，寖寖失浙东厚重坚毅之本色，然交通较艰多山之邑，如宁属之奉化、象山，绍属之新昌、嵊县，犹多保其故我。石民籍新昌，虽久于杭州，老于世途，然其爽直之本色，自有可爱，而果毅勇赴之精神，尤有可佩，自先入蚕校十九年为教务主任，廿年任校长，至今十一年矣。员生翕服，贷农本局四万五千金，争得教部津贴，至今改建新校，添设备，财产达廿余万元，其魄力有足多者。今年度原有中央补助七千元，教厅允拨万三千元，益以另筹二万元，将更有扩展，今为战事，皆付画饼，言余慨然。盖与余欲为馆建书库而不果有同慨者。石民颇健谈，又强干有勇士风，谓学校现奉令停辍，守"办事处"太无聊。如不入川治原业中国三大蚕区，一江浙太湖区，二为广东区，三为蜀区，将在嵊本邑参与游击俞丹屏先生在嵊即进行此工作。其血性尤令人感动，固非放言自豪比也。

石民晨起，顷之将回龙游溪口校址，率剩余学生三四十人来丽水参加青年训练团，然后他往。军兴以来，本省学校迁避者多步行，吾辈有愧色矣。

因前日与许厅长商续迁善本，已得其同情，但何时有汽车及接洽途径皆未定，今日特偕史叔同同赴丽水，并即在处属物色适当地址。经缙云三四公里抵丽水缙至丽为三十八公里之公路多凿山筑道，形势多险，车行岩山碧流中，迂回多折，举目皆山，重叠万变，盖较建桐道上尤极雄伟险峻之观矣。浙东本多佳山水，何必北之燕、西穷蜀始识山水之伟大耶！自十时一刻起身，十二时半到达丽水，投宿丽阳门内中南旅馆。

车行经缙云，小邑也。有门无城（西门仅一栅门），店肆疏稀，不及吾甬一大镇也。

午后偕叔同同赴西郊省立处州中学，晤张科长，云赴碧湖，并知许厅长赴永嘉（为指导党务工作），三日内可返。教厅筹办中之青年训练团与政治工作人员训练团，皆在处中筹备，与单建周一谈，并访晤朱馆长士华、陈校长贻荪。青训团由陈博文君主持单君在此中筹备，政训团则洪芷垞君主持朱君与张科长在此中筹备。近日政训团已录取者各地报到颇多，青年远道来投者亦有之。

甬上同学庄鸣山治化学，近来丽水自愿投身训练团，教军用化学。今日相晤，约余与叔同同膳。席间谈北平研究院情形甚多。晚之测量局办事处访裘冲曼先生。

　　(丽水处温州之西,为括苍山脉高原中之一盆地。竹木炭以处无……)①

　　裘冲曼先生翰兴长浙江陆地测量局有年,旧治中国算学,温厚长者。在杭日常相过,战事初作,承借地图影印分发。该局藏浙江各区细图有十万分之一、五万分一等,多属军用,于私人不轻售与。十一月中,杭局遽危,裘以文人,无汽车,先离去,来建向省府请车运图,近始辗转来处州。省府某当局责裘弃如此重要之物而先走,谓在清世罪宜诛,而不谅其无汽车之苦。然则彼身为省委,既知此关系国防省计,顾何以不建议当道为之先运地图,而仅知由厅买车装职员,并教育机关之重要公物亦弃置如遗耶? 厚责人而薄责己滔滔者皆是,新进之少年官僚为尤然。

　　北平研究院物理研究所所长为严济慈君,在京时老友也,在法研物理学,尤于光学有名,常有论文在外国期刊发表。李石曾主院务办。此研究院虽存心或仅为文化上造一势力,然于科学之进步,亦不无贡献。庄君鸣山为谈该院事颇多。

---

　　① 　整理者按,此行写后又删去。

一月十五日

在丽水第二天。

叔同今晨赴龙泉，寻洽寄放善本之地点。余留丽水待许厅长。今日上午在街头买物，作信四笺。下午购近人文存阅之。又至处中访友。晚在旅室中阅四十九期《国闻月报》前日寄到，沪上出版事业艰苦，此刊亦将于下期在沪暂停，另在他处定时出版。可慨也。

丽水处浙省南部多山之区，潴为盆地。东接温州，山深水浅，交通不便，而文化亦落后。经济上虽有竹木炭之大量产额，但亦以交通故，获利不厚，人民无远志以向外与人争竞。自廿三年达温州、通永康诸公路既辟，交通渐便，市面稍振，而风格之固陋，教育之低浅，依然不迨温、金远甚。市上多温属人之庐肆，规模尚大。近日商货以省垣机关多迁来，更见荟集。盖浙省十一旧府治，余所目击要当以严州为最瘠陋，丽水犹胜之也。

阅《国闻周报》转载《大公报》社论《孤岛杂感》各篇。

闻甬上来人言,杭邮务局会计长钟君前日传敌在定海沈家门登陆,甬人大恐慌,迁沪者又纷纷。又传甬公安局长俞济民君颇激烈主抵抗,而地方与军事当局以甬为不可守,未有重兵,苟敌在三北登陆或自绍进取,故乡殆无能守欤?

访陈传文先生于处中。青年训练团事多由渠筹备,适有微恙在床,云及团中教官多未聘,许厅长于课程教材犹未公布,筹备者类多后议而不敢迳询,亦可异也。

曾孟朴答胡适之一信,自述其研究西洋文学与翻译西洋文学之经过。文字生动,议论精辟,其灌输西欧文化之功自不可没,而老当益壮,将以残年介绍西洋文学之精神,岂时髦文学家所能几其一二。安得使高谈文学、侈言创造之青年而咸以此篇所云提撕之,使有几分警觉耶?

一月十六日

在丽水第三天。

上午赴处中访张彭年兄，谓许厅长大约今日可自温归来。午刻往访，之寓所，知犹未到。傍晚再访彭年，知已于下午回来，渠已为略及拨车运书事矣。以晚间人或有事或疲累，拟明晨往洽。

参观丽水县之民众教育馆。在城之东北府学中地僻而有高坡，于民众甚不便利，由该馆赵君导观一周。馆长孙庆禧君不在，图书纷乱杂陈，并登记号码而无之，惟娱乐室有打球者，阅览室无一人。事情若颇废弛。然出版物如《本馆事业》一束，固洋洋可观者。教育机关之重宣传而无实际，殆大抵如是。

为馆事作致慕骞、致望尧各一信。又致六弟十二月十五日以后未去信、九妹各一信。

遇杭州高中校长项定荣兄于途中，知正在丽水办理结束也。午后项君来访，谈本省教育事，于教厅之令杭高停办，不能无慨愤。然项固浙西人，语甚和婉，不得罪于人也。当秋间开设之始，杭高即觅定金华澧浦镇为分校，惟留二年级于杭。及十一月中时局紧，乃悉迁学生，到者比率为最高。至十二月秒，尚议招春季始业生不果。然林秘书先生固属意其

49

开学提先①考试时学生尚有四百人,而许厅长忽面告林先生谓学生存者少,宜停办渠以寒假中留校乃百余人为准,定荣意不能平,而不能争也。今赶办结束,学生、教师多不快。盖杭高为本省省立程度最高之普通中学,历史远而自有特殊学风也。民教实校校长陈贻荪君在十一月杪对余言,必尽力维持,而许厅长亦表示踌躇。后科中办公文已令续办矣,忽许在丽发表谈话,于停办学校亦列该校。林先生面询许,谓已决,乃亟急使追回令。又杭诚失守,不能谓杭校俱应亡,既允其迁于先而卒又中途解散之,岂战时之教育果仅一个青年团可以尽概也,亦无识之其甚矣。

一月十七日　星期一

在丽水第四天,天气甚暖据云处州较杭、甬温度向较高,当以纬度与地势使然也。八时赴燧昌公司路访许厅长,告以再迁善本

———————

① 整理者按,先或为前之误。

事，已嘱史君赴龙泉觅地，请早向交通处洽借车，并请作信致副处长魏思诚先生（处长系伍厅长兼）。许温谓可向方岩教厅去办，余谓最好亲草信较郑重，渠云无何交情，草迹亦不识。旋乃云交训练团职员去办信，十时余往取，一民厅职员应君所写，寥寥数语，初未及库书之重要，果仅此一书，可得不用公车耶（余之处中，许方为事发脾气，即不与再言此事）？余为得一运输办法而守待四天，人乃不能假数分时间以作信介绍，甚矣其轻视此事之甚也。姑先取此书，更与省府接洽焉。谈四库书事。

九时访定荣兄于三坊铺杭高办事处，谈一小时。渠于《四库全书》事甚同情，谓可由图书馆协会名义电教育部，请主持运藏，或电二兄①转为主张云云。余谓官厅大抵层转推卸，纵使立夫先生重视此书，亦惟电浙教厅长妥善运藏，而协会系余等主持，又人所共晓，恐省教当局更以为援上势以相绳，更不开心，而二兄固更不喜干与范围以外事也。定荣为介绍建厅一科长赞助此事，又谈导报事，复晤彭伦清先生，知家在海宁衷化，已陷敌，思欲设社集友授徒云。亦有慨于杭

---

① 整理者按，二兄指陈布雷。

51

高停办,激而出此也。

迨午未初,叔同自龙泉归来。十五日以车赴龙泉,得就地县党部与民教馆之介绍,同至东乡山麓硋石区,有季边村者,与龙邑乃隔一江与二个山头,匪警向未有,已赁定某姓民房,并与乡人预洽挑搬事。据熟悉地理形势者言,松阳近宣平、武义,如金属危,易受胁,惟龙泉、云和为安全,拟决以龙泉为庋藏《四库》地,不复作迁出省外想矣。

晚应处州中学校长赵仲苏先生公宴。席间为洪芷垞_{炽昌}、金笆仙_{学俨}、傅荣恩、陈贻荪、张心符_{印通},嘉中校长诸人,及该校教务主任、教员二人。席丰而味美,金、处菜馆中不可多得。游离中受款待,实使人反省自愧。仲苏东阳人,主处州中学已六七年矣。整理校务,提高程度,卓有成效,在省中为一好校长。

处属各县文化落后。处中学生五百人,有附小,此外小学在府治者极少。县立中学甚少,惟松阳有县中,缙云有新都中学,各地富力不及,往往有求学一年停辍一年,以竹木之收入再来上课者。

敌经海宁,旋弃不守,故大镇如袁化未有敌踪。闻"维持会"于敌退后恐惧不自安,搜刮商家得三千元,向吴兴请敌兵卅人来自保，亦可痛极矣。胡伦□言。

吴兴之退极为匆遽，以初不料敌如此进兵也。安吉县长之出走，经一□村，地非险要，而以追踪被敌蹑入。县长得护兵夹走，秘书及属员若干人无下落。湖州中学校长周育三君事先弃职他避，存学生数十人，为教师方秉性君偕出，方君至今不知下落。余游吴兴，曾见周君，碌碌因循，以视嘉中张印通校长之忠毅负责，远不能及矣。

余于浙省兴办青年训练团事始终不能无疑，非谓非常时期不能有特殊训练，乃谓不能以此特殊训练尽废经常教育也。国家教育流弊重重，人多见纪律耐劳精神之缺乏，而鲜见其它，于是惟倡导军事训练以矫其弊。许君绍棣供职党部有年，个性本偏于刚。二十年受派考察，见各国青年训练之有效，归国得长浙教育行政，遂尽力推行所谓青年团、少年团、少女团于高初中，既甚嚣尘上于二年来之中等教育矣。抗日战争起，益有举特殊训练，意不得同情于朱主席，意兴消沉。黄季宽重主浙政，素以黄二明华表[1]之介，与许相能黄于

---

[1]　整理者按，黄华表，字二明，曾任浙江省政府秘书长。

许复旦同学，于黄主席则乡人也，遂以此议进黄，故军人至谓浙省全濒战区，可尽停中学以办青年团，许犹折衷，保持浙东大部分中学，而令省垣、浙西各省立中学停办，于是未定组织教程，先事宣传于各种学校，皆尽量令其参加此团，而谈话中则每表示训练严格与将供战时服务意。浙西风气文弱，父兄遂多观望，至今筹备已将月而主事者犹觉茫无端绪也（今日在朱士华君处见政训团组织大纲，度青训团亦大同小异，其学程殊离奇）。杭高奉令停办之先，项校长奉令劝一部分学生参与该团，以不在战地服务为言。今闻学校皆停，又或得家信，知有下落，乃有中途请退团者。许君大不谓然，余今午闻其对人大骂杭高学生训育之劣，谓国家要此种青年何用？又谓如此无定计，余亦可将其"通缉"，语鲁甚。今日学生界风气之弛懈贪适，诚应矫正，然亦尽罹战地中学学生于青训团，而不知举办临时联合中学为可并行不悖之急务，则要为一孔之见。天下终有优秀之才，不能以绳墨相拘。在学校制中尚有轶轨而驰者，岂得尽以军法部勒之？彼其傲怠，不应为训，但其敏锐英挺，富有自由思想，可以经常之学校教育熏陶之，引其长而补其短，必以为非尚外表礼节、整衣冠之青训教育，不能尽收此辈青年耶？且家境不同，天禀不同，体质不同，亦不能尽使受军事之部勒，何若有联合中学而更严收健壮果毅旨牺牲之青年为训练团，则正轨之教育不废，而所谓训练团亦更收分子健全纯一之效。当局计不如此，而一味武断使气骂人，亦多见其识短而量仄而已。

一月十八日　星期二

自丽水回抵永康。

今晨偕史叔同再至许寓访许厅长，报告龙泉已觅定妥地，渠亦同意。余又谓拨车事应有公事，告以拟赴省府访李秘书长①办理此事，渠无异言，谓或赴方岩，当先言之，遂辞出。拟趁丽永客车，适有厅车，遂附乘之。十时动身，天雨不息，至十二时卅分到永康，与傅荣恩同坐司机旁，衣得不湿，谈语得不寂寞。

---

① 整理者按，指李立民。

文莱于六日以杭垣有恢复模样,余意送款至杭,并运书版,但至嵊消息不佳,返甬小留,迄不得遂进杭之愿。十五日归来,晤谈甬、慈近状。渠曾送眷避相岙,外舅及余家人皆得见,赉来莹一笺,语简而盼余尚可一归度岁,大致避居甚意乱矣。约儿信云,宾陵耳疾不痊,似扁桃腺痛而颈侧。此孩幼颖,自染耳疾即钝鲁,割治又太年幼,其智育与立身之前途颇可虑也。

得信多笺。涯民兄信报告乡村情形,君□信相慰,寥寥数语。大哥邮寄信早发,谓不拟他往。涯兄信中谓大兄已迁张湖溪。范君秉琳衔二兄意,相劝赴沪而不果。虽暮年怕动,其坚定意志不可移也。又得毛乘云信、庸甫弟信。望兄信告以二嫂自渝于十二月十八日来航快信,近始收到。嫂侄将迁渝乡村。八弟偕九妹、迟侄入川,该信云尚在途,近必已达到矣。二兄已一月无信,殊为念。

杭民教馆馆长朱士华君以该馆与体育场二处奉令停办,调至政治工作人员训练团工作,今日为公事俱来永。晚留宿由义巷本馆赁寓中。朱君广西人,曾在桂做军队中政治工作及航校中政治工作。去秋以刘湘女之介绍,继任现职,虽无民教经验，诚厚负责，近已送眷回桂。为言政训团工作不知所属，颇有回梓意，又为谈广西军人往事，多余所不熟悉者。

一月十九日　星期三

自永康赴方岩，向省政府教育厅接洽公事。

晨九时赴汽车站，十时有客车赴东阳，过世雅下车。自此雇人力车行十里路抵方岩。文莱为欲一访方岩五峰之胜，与余同行，途中遇绍中校长沈君铸颜金相为开课事赴厅接洽，同在岩下街午膳。

来永后至今为三来方岩。此来专为运《四库》善本书事。据许厅长言，向省府接洽。二时冒雨赴省政府秘书处访秘书长李立民先生。李先生颇嗜书，此事前曾与谈而获其同情者。今告以已在龙泉觅地，需当局拨公路车。李谓许厅长已为道及，渠且在省府会议席上提起，嘱送一节略，即当据以令交通处拨车。余遂归，撰一请运《四库全书》自建至处之节略及一呈文，又于五时写就，务明晨送去。晚郑管秋先生请余及沈金相兄同膳。望兄、郑式钦、周凯旋等同席。即留厅中宿舍。管秋先生、望兄等同聚谈时局近事及教育界事，至十时余始睡。

省府为便利汽车直达衙署，兴工筑支路造木桥，闻所费在万元以上，省库正绌，于此尚不惜费，独于流离嗷嗷之难民无进一步之救济所，轻重者殊矣。

省府秘书处在方岩五峰书院，财政厅在胡公家庙，教育厅在程振兴，民政厅亦在方岩，惟建设厅初在此，近已于前日止全移丽水矣新设物产调整处以收容停职者，农业改进所以容纳各农林场■（退?）出人员。闻丽水各界鉴于金华为省府迁来而遇大炸，有人电省，请勿迁丽者。省府已重展缓一月之讯云。

据赵君仲苏言，青田刘文成公之后裔多业吹糖者，即贫不知何故多业此。公后人刘祝■（群?）先生去岁襄赞文献展览，醇厚长者也。太炎先生厄于旧都，曾以营墓文成墓侧相托，曾以其自书大墓碑送展览。赵君又言丽水自省中附小外，小学仅不及十所，习俗杂食不洁，儿童健康颇受影响云。

一月二十日　　星期四

在方岩。

雨不止。雇舆赴五峰省府，以昨拟呈文节略面递，转赴财厅向李科长子翰洽领本馆十二月份经费。再至省府晤李立民秘长，渠将呈文批复，及电令交通处事，已交科长赵荣士君办理。赵君引余至彼室，即拟稿付缮盖印，凡七十分钟而毕。计电令交通处略开：据省馆馆长呈陈云云，事关保存国粹，仰该处长迅拨大卡车八辆，至少四辆，交与运书云云。指令本馆亦云准，已饬令交通处，令余自往洽，并妥运具报。又有一令令龙泉县长唐■（巽?）泽妥慎照料。电令迳发，余持二令文并介绍片，辞谢出。在省府并晤章秘书粤人、陈科长鄂人，于《四库》事亦甚同情。陈又尝办湖北省立官印局，于官营印刷事业之难办有余慨，知其阻难不上轨远过于浙印行所也。鄂书版有散失者，湘为更甚集贤书院版外，以王湘绮、叶德辉家为著，于馆藏益悬系不已。

旁午以接洽结果告管秋先生及林先生。望兄约膳并谈厅中近事。三时偕文莱觅车转世雅回永康。四时到由义巷寓，适得公路局小包汽车，遂与约定赴金华，以客车挤且须待明天也。

运书事至金与交通处接洽外，即须有人至建德准备装运。动身时须押运，并需留出一人在龙泉。为此今日即约叔同、文莱二人同行赴金。以一小时整行箧及被包，甚匆促。五时一刻启行，七时已到金华。渡头误于车船，待一小时不得渡，乃步行进城投旅舍，转辗至后白塔中南旅馆，即步出街头晚膳，知市面视半月前恢复许多矣。

驶汽车者张某，供职公路局有年，甚健谈。战事既作，曾在沪为军运服役，又在金山卫奉令运壮丁赴战，言战事经过历历，谓邱县长作出仓卒应战，壮丁盖未尝习战，车中多战栗。所用悉步枪，如何制敌？又言沪战往事，亦似身历非臆撰者。

一月二十一日　星期五　　雨雪

在金华。为再运善本事与交通处进行接洽。

金华余曩岁欲游未果,播迁以来二阅月中,至今凡第四次过境矣。未得县城图,致道路仍不明。晨出旅舍,先之专员公署访新专员、老友赵君龙文。客甚多,匆匆询以交通处地名而别。以车至金华中学。校已迁,近为卫士大队借用。七弟叔时与其友王闻识为主任,任事省府卫士大队桂宪兵营,黄季宽在晋任第二战区副司令长官时,组成卫士大队,退出时有伤亡,主政治训练室。翁甥泽永、马甥协群皆随同工作。与七弟略谈,并请王君电告交通处秘书李乃常王之姐夫,约以余将以公事往洽。与七弟在东升楼午膳。返至旅社,三时偕叔时同赴中山门内交通处。副处长魏思诚先生不在,晤秘书李君乃常,知昨日省电已到,渠亦文人,于此事表同情,惟谓公路局车少,租用商车不堪长征,宜分水程陆程,近际水大,自建德至金华可用船,自金华运龙泉则用汽车。余等以其言近理,约以明日往领致船舶总队部公信,并与副处长面洽。四时别出归寓,叔时来寓闲谈。为许雪昆服务事致函张彭年先生,为建厅需豪楚工作,于复豪楚一信中提及之。下午付邮。

省府卫士大队系桂军宪兵一营,于黄季宽奉命以第二战区副司令长官名义赴晋督战时随往者。黄公奉命重主浙政,随来金华一、二中队在方岩、龙泉，三中队在金华（黄鉴于一部分军队得力于政治工作，故以李乃常介绍任王闻识设政训室）。此辈多系征调，故程度较浙中募兵远胜，颇明大义，热心抗敌，与叔时等谈次，常以留后方不作战引为耻恨。彼等于"白副总司令"①异常信仰，谓其神勇有识，近编为《号声》壁报，文字亦有清通之作，且有旧诗。据彼辈下级将领言，桂省赴兵役甚勇，皆以御侮而死为荣。又桂省各县小学校长多兼村长，别有军司令，已有军政学三位一致之概。彼等于浙省学术文化致钦佩，于民众组织则颇自信桂省为强云。

一月廿二日　星期六　雪

在金华第二天。继续接洽运书公事。

上午偕叔同、文莱赴交通处，得晤魏副处长魏思诚字见山，诸暨人。曾任保安处军需部分之科长，再以拨车事奉商，于建金一

———————

① 整理者按，指白崇禧。

段用舟运,吾等已同意,自金华至龙泉一段公路车,余初以
为汽油费殆系该处义务或系记账,由省府后还。但魏忽言
汽油须现付,而索价又颇巨谓以公路每公里二角计,金永二百六十
里来回一次须百零四元,加车租等。又谓如汽油六十加伦,每加伦高价一
元四角,亦须八十四元,商以记账亦不果,科长在旁议价,此时
李秘书遂旁听不作声。只得告以电省接洽再说。下午叔同
往取介绍信,系寄建德致船舶总队者。余则以电话致方岩
教育厅,请命林秘书。林先生闻索价大,云厅中可筹付否不
能擅主,既系省府电令,宜仍向省秘书处复命,拟明日发电
报或长途电话也。

金华章君丹枫名巽,曩于十九年自浙大转学中大,尝有
讲诵之雅。余离京后二年,渠亦毕业,任事于《大公报》馆,编
国际电讯,并助杨历樵编《国闻周报》,文质俱胜,斐然述造才
也。《大公报》至十二月十日停刊,章君以家人意偕避故里山
中,今日邂逅道中,邀同午膳,谈语颇畅。

《大公报》曩以华北政权受威胁,天津版外同时筹出
上海版。芦变后津版既停,遂并沪版、汉版。今沪版又受
敌胁而停,胡政之、张季鸾二先生以港轮之沪,运社产,将

筹出香港版，盖鉴于抗日战必延长，如此乃有备无患，可永报纸之生命而无间也。经济气魄与识力俱非他报所及。闻《申报》亦即日在汉复刊《时报》在沪仍能照常出版，可异也。

《国闻周报》下卷①将在汉出版。《大公报》负物望之战地记者长江先生，范姓，名□□，曾在中央政治学校、中央军官学校及北京大学，强干努力，远游刺探新闻，该报深得其助力云。

下午二时遇空袭警报，躲在西城城头地壕中，略闻机声而未见，旁晚闻衢州、建德遇炸云。

晚九时偕文莱走访刘湘女君于《东南日报》社旧某祠之《浙东民报》社询谈时事：昨报载我军推进，再克富阳，乃屯溪电，非桐庐官电，今乃知我军迫近城郊，犹未克也。富阳弹丸一邑，反攻以来，屡传再克，则敌师稍一增援，仍难即复。在浙师徒②之疲弱可见矣。刘君意态殊消极，谓彼取我江南富厚地，

---

① 编者按：《国闻周报》为多卷期时事周报，日记原文此处为"《国闻周报》下卷"，整理者照录原文于此。
② 整理者按，原文如此。

资用人力，予取予求，可动员二百万，今不过数十万，似于战争前途太过悲观。盖中央方严整补充，而左右作战之条件固甚多也。询苏联空军出动问题，渠亦不详，谓曾特往衢州探访诸防空总站，亦未言，意度当有一二百架已到，在芜助战，及敌不狂炸赣鄂，殆以此也。宣铁吾以保安处长驻金，警备金、兰，并兼第十预备师长，正在招兵，闻此君在杭久居地室，今亦消沉，日听无线电以自遣，可慨也。

《大公报》出汉版时，张季鸾在汉，沪版评论多胡政之、王芸生作，《告中国男儿》一文亦王作。

闻在金之名流记者辈于战局则甚失信力，而奔走达人显官间甚力。国家事至此，政途逐鹿无改也。

一月廿三日　星期日

在金华第三天。

上午再赴交通处，与李乃常君一商谈。渠文人，颇不以魏计较为然，劝勿以费事而稽延，终有办法。余亦信纵使许厅长不作确定表示，省府亦不好意思为千金而推诿，定自返永赴方岩面洽，不复发电，而属叔同、文莱即转兰溪赴建德，向船舶总队部索舶装书运金，大约亦需六七天，则车事可定矣。叔同等午刻去，余再留逆旅一天，叔时七弟偕泽永甥同来，同在东升楼馆膳。

赴丽未按日记，久辍。今日下午在旅舍生火补记之。入晚睡魔来，未补毕也①。

午前又曾赴省抗敌后援会在金华县党部访李楚狂先生。以前在乡时征募之棉背心余款面交，并以经募件数面告。此事以余之"夫人"名义受妇女会之托，而细侄、九妹出力尤多，且皆自制，工料俱精，计一百件多。慈县抗敌会转送省卅件，在杭自送尚余十三元云。

上午先当以长途电话致方岩省府秘书处李立民先生，渠谓公务何得费巨至此，属与魏先生再洽，以电复之。余拟自往，故不发电云。

---

① 整理者按，依此语，则此日记尚是抄清本，非最原始随手记之本。因此本丽水部分仍排日记之，未见补记之迹也。

一月二十四日　星期一　在金华第四天。下午归永康。旧
历祀灶日。

　　晨起不久，七弟来，为余谈其个人服务之期望，自以卫士
队政训室于彼个性非宜，又谓在仙台帝大从大类教授治史，
虽范围似仄，亦颇认真，今当时乱，权来此间，所治学亦所需
之广泛常识也。渠意欲得一大学教席，以浙大迁赣，愿在史
地系中任经济史一二学程，欲余为主任张君晓峰言之。余正
以自己中止去赴赣之行，此来本定向当事者洽定，即自金华
乘车赴南昌之吉安，结束上期校课。今事未定，又不果，拟
作报晓峰信，感其意诚，为在信中剀切陈之，然余知浙大
情形复杂，聘人非主任一人可决，即晓峰本人于教师亦倾
向于延致第一流人才。叔时之于世界史即余亦无以深
信，究其失于根底不足，而在日时又短，又骛于窄深之美
名，不趁彼时于各门基本学程作较普及之研习，而惟认定
二个论文题，实不免躐等之误。不入大学部而越级为研究生，实
为失计。彼于大学普通教育固未受过，所知往往偏颇奇零，多得之日本

67

期刊、俄著译本，时流青年之好新异者大抵类此，亦过渡之时代病欤？意度此意不易得晓峰兄同意，且浙大取消寒假，第二学期近已开始矣。至于余之课程，固不忍拂晓峰之美意，然余念馆事即在保管状态中也，不易交代，意甚踌躇。函中并告以如西史各学程已开定，余亦拟■（课？）守半载再说。自知此种犹疑状态亦可笑也。

在金华四天，原拟之赣不果，为运书资用事，尚待归与省当局商洽，乃以旁午整行装，乘一时许车归永康，到由义巷寓甫二时。盖自战局稍定，公路局二度改组，各路客车午后恢复，交通方便多矣。寓中惟会计吴君伯均在，柳永缙表弟赴建带物未归。

任生永康自慈溪来投青年训练团，为作二介绍信。

五时访王式园先生于某旅寓中。王曾官甬某税局，积资好鉴藏，永邑中不易得之人才矣。与各方交游广，交通处租用商车，渠颇有斡旋之功，渠固爱护文物，允为"四库"向该处某队长商减费云。

得启林兄信，知家乡冬防夜巡已始。得翁甥信，得五姐消息。

四时邮差送来慕骞自瑞安来长信,于余出处去就之间考虑周详,仁至义尽,意可感也。灯下作致叔同、文莱信,告以费事有望,促迳运书装船。十一时寝。

一月二十五日　星期二

在永康。

今日一日间除客来谈语亦颇有时外,余皆作信而留置待发者犹十余笺。甚矣,余之亲友关系,多对人意殷,不能冷淡处之,往往为信札存问之奴隶也。计为馆事致管秋一信,寄汪闻兴绪塘一信,致兰溪郑馆长一信,答毛乘云一信,又致七弟一信,答魏安德庸甫、陈洪原各一信,又答张慕骞一长信。

慕骞信于余去就之间有云:"辞任卸责为下策,诸事卸罢觅代告假为中策,终始职守唯力是视为上策。辞去既绝无可能,固守恐未易决,所可采者自不出中策。惟当将迁藏妥善,慎选代理。"意谓唯叔同可胜(实则叔同代理,久持则对人实多问题,而我如不在,肯代否亦未可必)。仍盼慎思明辨,无轻于去就以贻后悔云云。又云"勿犹豫不决，闷损精神"。则其知余个性，爱护之者□也。余答书告以迁书接洽经过，并述晓峰兄信未至，大致相需不殷，已倾向暂罢此行。又云："义仆不以主人中落而背弃，往昔受之于公者多，所自效者少，一念此义，何敢贸然以去。自惟六载心血，成效诚鲜，但亦不自菲薄。异时战局终结，图籍之复位，规制之重整，要当与二三子共善终始，部署略妥，然后待时让贤"云。盖余于浙馆自分无大愆，而梏守太无聊，于晓峰兄相期之殷，不能无动于中，读慕骞信，辄又不禁犹豫，欲婉却浙大聘，留守半载再说也。晚作一信，写前二天日记，十时寝。

自省。　　自余来杭垣主持浙江图书馆，于今适为六周岁。客中追怀，百感交集，而播迁靡定，珍籍分隔，旧雨星散，独守馆钤，尤不禁怆然于怀，与忧国之念交迸而不能自抑也。六年以来，余以学力既浅，体力又逊，馆务与时增剧，应付实多贻误，而用人不当，积习难革，因循与浪费之弊，无从讳言。然社会炫于外铄，每以本馆推广阅览、增益馆藏、举行展览为其进步努力之征，实则增藏非公帑即人惠，阅者众亦常委会风气日闳之反映，展览则更水到渠成、众力所致，不足贪社会之功以

70

为己力也。顾自以数年来所稍异于恒人,而于本省不无影响者,则在乎倡导风气,无论征书公阅,宣讲编撰之际,每自措意于开导省人士求智前进之精神,而尤着意于在学青年凡文字语言展览,每以导引中学生求智日新为归。用使社会渐认浙馆为本省学术一重镇,不可谓非吾人注意风会之效也中学校长奉行功令,不为不力,然自聘师传授知能外,窃见其罕重乎风气之倡导也。然细度致力与程效之间,终觉损己太多五六年来所夙攻之学亦复荒落,西书更久不观,要以人事日纷,非日尽瘁于公务也。益人者鲜,正思让贤思过,重理旧业,而恋恋于扩建馆宇与增购刘氏珍籍未了之愿,遂尔因循。抗战既起,游离迁书,虽遗留孔多书版全在孤山馆舍,尤为可虞,■(盖?)已尽其在我,至今株守事闲,告假亦未能决也。回忆去岁今日,二三子以余拳拳馆事,亦既五载,为举行"主馆五周纪念会",醵金以表一、自来水笔一为贻。物犹在怀,同人已散。当日数十人一堂融融,今夕则凄凄与伯均寒灯相对,念往事,忧来日,不自禁其感愤,不能成寐也。

今日上午为十二月份决算与伯均谈商,午后又杂谈甚久。于余为亲友所累,致酬应之用不能不取之于公,犹未尽清廉之义，颇自咎憾。盖数年来亲友之贷助与同事之亏借每多，虽个人今日犹负债二千一百元，犹自薪给以外，亏用于公者犹不能免，因而叹风习之难移而公职之绝对廉洁为非易事也。

董馆长聿茂兄来谈博物馆之历史。文物仅小部分运余杭亦陷战区，虽在山乡，不能无兵匪之忧，十二月间赴杭，携来兰溪者极少。

张强邻来谈之江迁校不成，以美人明斯德言，将已运之图书运回江干校中，今钱江炮战正烈，波及可虞。强邻为谈航空学校情形渠曾任教官，谓一、二、三届多大学毕业，而学校不能罗致政治科学名家，政治教官与学生讨论，每无以餍众望，及平纷议。一经毕业，往往傲慢纵逸，有将旧年为国牺牲之初志弃之脑后者，是航校之弊，亦我空军之损失也。蒋坚忍先生坚毅负责，仁湖倚畀至深，近年口才益进，员生皆折服。最近闻有与陈庆云(粤人)不相能而辞职之说。蒋初为政训处长，周至柔为校长，蒋副之，甚融洽。粤空军来归，曾以黄光锐为校长，调粤空军训练，后又复任陈庆云，蒋以副校长而资望偪上，宜不易相容也。

一月二十六日　星期三　夏时丁丑岁十二月二十五日

　　阅报知许厅长出席昨日方岩举行之省府例会,午后以电话询望兄,知明日可在教厅,决以明日往方岩。交通处赵队长访王式园先生,余闻而往,与赵再谈运书计费事。赵谓公路局无经费,全为自身维持,车已预备,需费标准已复函许厅长。余谓省当局意盼以实用汽油计价。渠后允尽运,各超过预定可以不足数记账云。其人曾在军需署为副官,魏思诚来,调自后方勤务部者。

　　徐学禹在浙公路局任内公款不清,且以车辆随便送人或转售,浙省府正付查办,而今日报载院会委为福建建设厅长,盖政途之无是非久矣。据赵言:徐为留学生,夸大而不问手续,然魄力较大,于沪战始时向财厅洽款十万元,向港、沪购大车六十辆,今所用皆是。赵谓以手续言自有罪,就此言亦自有功。徐将去任,允各科长俱行,移交遂无一人负责。陈琮接事,无从清理,且连累负责矣。十二月卅一日,魏思诚来接事时,仅车十七辆(十辆在金华以北)。赵自诩谓奉令以二日之间恢复金兰交通，金永间亦即通车，近又以永嘉、平阳路线赠与商家行车，而租其汽车应用，以是交通渐复，不以作战而阻梗，客或以此相称参者，黄季宽主席甚以自得云。

吕戴之将军（公望）之侄神斧先生年约五十许，旧与大兄在省教育会相交识，今日来访，谈永康风土人情。渠谓金华自宋以来称小邹鲁，风气醇厚，睦宗收族，闾阎安辑；自清季以来，生事渐困，风习始稍驳，而学风亦益替。永康太平吕氏为东平派，北宋有之，金华吕东莱一派则系出河南，南宋后始著。吕氏在宋与陈龙川先生家为通家，至今为永邑望族。陈龙川先生故宅在永北约五十里之桥下镇，地名曰龙川庄，有遗墓，然旧日族居之村则为朱姓所夺。朱盖昔日陈氏之佃户也。龙川后人在义乌者不常来祭扫，墓亦荒芜。余谓吕先生：奉化人士修建纯氏万季野先生墓，永邑人崇胡正之公，以其德行可风也，而龙川先生本邑杰出之大才，不可不为之表扬，宜为修其墓而重整祭扫也。

永康县长白深垆，粤人。在此已四年，吕云亦巧吏，无何治绩可言也，近者邑中设自卫队，则多吕戴之倡导统率力云。

馆友来信。有望尧信谈定西文期刊事，董启后信主以阁本入川，计远而未易行也。作信数笺。旁晚撰呈省府与厅两呈文（暨概算表）付伯均誊钞，又写快邮代电，十二时始寝。

报载我方反攻以来，日敌不无恐皇，今已增援芜湖，而杭、富亦自后方调来新兵。芜湖战事激烈，亦以此不能有显著进展。宣城虽称在我包围中，空军时往炸，而亦久成相持状态。富阳争夺战已久，日军视为杭州后盾，殆不易轻弃意图，不久春暖，敌将改取攻势。津浦连日剧战，亦成胶着状态闻以陈诚、朱德为正副司令。今报载某长官巡视全线，不久将展开激战云，吾人固未可自馁，然亦决不能惑于报上宣传文章而轻敌也。

今日报载可注意之更调即以李宗仁代蒋作宾主皖政，知皖省将有以桂军为中心之剧战展开。

韩复榘以二十四日在汉口经军审后处刑。民国以来，显官大将以罪伏诛者，韩殆第一人矣。御侮不战，大误戎机，明正典刑，为之一快。

一月二十七日　星期四

今日至永康，赴方岩省府教厅接洽公事。自移居永康廿五天来，去方岩此为四度矣。

在金华见八弟，十二月杪发信，知与九妹、迟侄尚在万县赴济途中。二嫂则有寄望兄一信，知十二月中旬方到渝，今将迁乡，想二兄仍在汉时多也。今晨作致诸侄一信，致嫂一信。

十时以永方直达车赴方岩遇聿茂，知昨赴厅今还永，与望兄、管秋先生同以面代膳。即向黎叔先生报告金华接洽情形，彼乃属与李秘书长一洽。下午三时许往，适省党政联席会议继续开会未毕，待久未散，乃与赵崇士科长接洽，告以魏思诚之意，欲运费现付，是否可由省款先拨。赵允转达秘书长，余辞出之教厅。旋许厅长会散回厅，即将赴丽水，余转秘书室方欲进谈，渠已出门登车矣。匆匆在车次与谈数语，渠问据该方估计，运龙舟车费共需若干，余答以千八百元，渠谓此数不大，即在概算表上匆匆写"拟省府提案"五字，余遂归，告林秘书。惟恐省秘书处不接头或凭余报告而电交通处记账，决明日往告之此费。在整个省费中，护此珍贵文物原不算大，惟在现在时势言终亦难说，不能不先洽定，方能启运也。

教厅职员现约四十人，公事当然较简，精神亦不无懈弛。

离杭以后，若干熟人往往以酒食遣客愁。今晚许文详望云、庄百华二人请客，望兄邀余为不速之客，同席有罗科长迪先、许科长绪襄、郑管秋、周凯旋、蒋经诩诸君，菜佳酒豪，余亦权自忘世外。席散就枕，辄自忏愧，不敢■（仅？）以责人之耽酒食也。与管秋先生等谈久，十一时许宿厅寓。

教厅体育视察员高尚志附建厅车赴丽水，与财厅车互撞，汽车夫一伤一殒。高跌出，受伤甚重。永丽道险，单行常须电话问明可行云。

许厅长方致力于青年训练团之开办，于厅事中经常事务全以付科长、秘书，公文几完全不阅以前亦极少自阅。此次自二十日以后，自金华晤黄主席，知教育部长陈立夫先生在南昌召集江、浙、皖、赣、湘五省教育厅长讨论青年训练与民众训练问题，即自往（以汽车中坏，改搭兵车，在路上来回四天），以是离浙逾一星期。昨日到金华，以省党政联席会议去电促，今晨八时到方，客甚多，二秘书未进见也。金秘书闻知明日去，及会毕回厅，不二三分钟即登汽车矣。余以洽运书事告林秘书，林知厅长忽去，颇惊讶，以待与彼接洽事甚多也，整个厅务统摄全省教政，乃一周余中并五分钟犹不容秘书有接洽机会。某君告余厅长盖二日未眠，在兵车中以粗饼充饥，二天不吃饭，其劳苦甚也。余谓劳而粗心，忽略本职，亦奚以益人！有专以克苦耐劳为战时公务人员之要■（件?）者，亦所谓知其一不知其二者也。

今日报载敌军运到坦克车三百六十辆，分编六团，以四团分驻浙皖，两团开赴津浦线。其注意津浦线同时固不忽沿海各省之占领，有谓敌不重视东战场之进取，误也。

省党部与省府委员联席会议今晨十时起举行，午后赓续讨论，至五时许方散。晚则举行分组审查会。闻所讨论为策动民众抗战运动（包括游击战）及战时政治、经济、教育之实施方针等，据谓有他省之战时设施方针等，连夜付印，其内容亦殊平易。当局之离开民从久矣，而一部分青年对党与政府之反感，又若随战争而俱增，以地方党部策动民众运动，似尤多阻力，如何振作军心，振起人心，连系军民之合作，恢复朝野之感情，甚矣其不易也！

在方岩各厅处与军训会有联合办公，代表每日下午会谈半天，其中多熟人。余下午即参与其间，亦多谈普通问题，及空谈时局。民厅一新科长刘平江，系无锡教育院旧教授。

《战时生活》第三期以昨日复刊，七弟与王闻识君主编有七弟《浙江救亡运动新转机》一文，提民主统一领导为原则，意非无因，然此种字面如已成滥调者。《克服失败主义》与《反对文化抗战取消派》诸文亦似有针对而发者。

一月二十八日　星期五

淞沪一·二八抗战之往事至今六周年矣。旧痕斑斑，新侮正深。此年此日有心人更应何堪，然默察人心颓唐，日以俱深，首都陷后，吾浙尤忧怨遍地，缅念八十年前太平之役振起人心、蔚起人才之大君子，斯人果可复作耶？

自方岩回抵永康，下午三时卅分到由义巷馆寓。

晨九时许赴五峰书院，省府秘书处李秘书长未起云昨晚办公事至十一时半云，赵科长未来，乃在学易斋坐待。阅壁间所悬先儒传略（似直抄县志，文甚迂旧），旋在秘书陈南章先生室坐谈以待，并见一新贵夏某以趋合谨慎，三年来自事务而科长而秘书矣。十时半进见李三民先生，略告以接洽车辆经过，并谓许厅长已决提案。李初谓经费未定稍缓，后闻已启运，谓亦不妨。当告魏君减费，并属转告教厅星二即提案云。又谈及教部电报（见下记），十一时辞出。不及返永。

教育部昨来一电致省府，略谓"据浙江大学竺校长电陈，《四库全书》已由该校帮同运严州，偏近战区，未妥。兹为保全国家文献起见，望贵省府设法运黔，盼即电复"云云。余始闻之某秘书，见李先生竟未及此，不禁问教部有电何云，李君即出电相视，并谓"此电甚空洞，主席见之甚不高兴，谓土地人民如放弃，文物何足云。入贵州岂谓黔省以西①之大地悉准备放弃耶？教部有办法，惟自来运"云云。已电告"正迁浙南，不便远迁"也。余以黄主席军人，已定此意，无需周折，遂因而谓昔故宫古物南迁，稚晖先生亦讥之，况龙邑在浙言，已可放心。李又言，他省交通工具亦艰，后并以此告林先生。实则教部在教言教，此主张亦不可谓非。"人民能行，而书不能行，文物内保固非暗示尽迁他地托理由。"黄主席于政治教育往往未能见大虚心，如谓办青年团，即全省中等学校可停，

---

① 整理者按，原文如此，当作"以东"。

其妄断可见也。十一时前李君与彼洽公事,余见其出门,戎装风仪良佳。然青年治浙殊乏政绩,即今回重未一月中,于浙省军事调度亦无何表现也。

凡四次过五峰书院,左丽泽祠,祀朱子、吕东莱、陈龙川、吕、陈五子。更左学易斋,明时建,祀宋儒何北山、金仁山履祥、王鲁斋祎,元许白云衡,明儒程居左正谊、周岘峰桐等三四十人。昔年讲会,后先绵延,今则祠舍修建一新,然告朔饩羊,亦仅存矣。有联云:"石室三千年,博厚高明悠久;金华三大担,事功道德文章。"石室犹是也,然金属人文则日衰,乡里犹存敦厚之旧道德,则是矣,若事功文章,则百年来似无足可称者,乡土有心人与来官此者,谁与为振起浙东学脉之坠绪者?

省府签到用排队点名式,秘书亦鱼贯并列,此殆桂省之成规。然在九时半,办公室尚惟三五人围火,精神大不如矣。亦可见政治上徒重形式之不足贵也。赴农民银行访友。晚补日记写信。

得俞自沪来信,谓蛰居租界,百感交集,欲归而未成行者屡,颇思他日仍揽政之也。

许雪昆已自甬赴丽水,从余意先为本馆在丽规设流通图书部,以供青训、政训团团员之需云。

一月二十九日　星期六　阴历十二月二十八日

昨过农民银行,陆君云严行长今日上午以自备车返甬。比日永城腊鼓爆竹,颇触乡思,有此便车,思尚可附车一归,视乱离分别中之家人。晨起初明六时三刻,命佣往探,则已于四时半行矣。悔不昨晚往询,先知时刻也。年年除夕常在五官桥故里,曾有一年在京二月一日开课,适在腊月。在杭五年,则三年返乡,二年亦并与莹与诸孩共聚度岁,稀有故乡之念。今岁夏历度年方完全为旅途生活,然人生不可太平凡,安居眠食,无流离冻馁之苦,而犹思近故里,亦自愧太无志气矣。

发一电报寄泰和浙江大学报载浙大迁吉安,结束上学期课业。吉安中学校舍将自用始业,故迁其南泰和。告晓峰兄谓"以库书事不能来赣,本期课程通信结束,下期课候示再定"云云。电报局人言明日可达泰和。近世史上学期教材约尚少二星期,与诸生言将继来赣授完。本期课第二学期再说。今竟为自己主张不定而未去，不能不以然诺之未信自怍也。

翁望兄十时偕教厅数友自方岩来永城，约在公信茂午膳。同席尚有蔡世源、蒋经诩、郑子夷诸君。午后二时蔡君等去，余偕望兄往义民巷访盛佩葱先生，渠以十一月间任后方第一辅助医院院长，旋即自杭之金之永，院址在乡十五里外，渠本长内科，治伤兵非其所好，乃不易自脱也。聿茂亦来一谈。

客中频频闻邻居爆竹送岁，伯均、永缙今日亦竟循俗送年，殆图书馆之第一次礼神矣。六时烹鸡飨客，美诚、文莱运书在途，自吾三人外，有望兄，邻居顾生文渊，车君及金陵老友陆君元同，尽酒六斤，谈语酣畅，亦漫忘家国之忧、故里之念矣。

常熟陆君元同博闻强识，尤爽善论议，于古今人物尤熟记心曲，于其人之籍贯事历，洞然于腹笥。今日杂谈前史人物，谓三国人物孙吴诸将除陆逊等数人外，多北方人，且有蒙人二，是亦读小说治史之有意义分析也。于民国以来军人之起伏分合，言之亦如指掌，甚自愧今事之太少记忆，不配为近世史学程之教师也。近每读报，感于本国舆地太黯昧，思避乱以来激于时变，思重理此学与近三十年之国闻，而人事仆仆，无正式工作，亦竟虚度二月余矣。

一月卅日　星期日　旧历丁丑十二月廿九日除夕

　　在永康将一月矣，社会习俗多守夏历，内地否塞尤甚，今日遂在此客地送此外侮深入中之残岁！市上行人熙攘，一如旧习，曾无同仇自保之意味，街头蹀躞，窃殷殷为国命担忧（友谓有一法籍妇之教师，其妇询中国究在战争否，其人答，正在抗战。法妇谓吾家生活自若，诸邻之安逸自若，曾无为国尽劳之工作，殆未战也。其言深足为国人刺矣）。

　　前三日之党政联席会议决定改组抗敌后援会为抗日自卫委员会，并将新民救济会归并。今日报上有纲领发表，亦空洞无何异点。名义之改是否能重振精神实一大疑问。党之组织固为问题，党员之品质尤为成败关键。浙

省党部委员尚守职保持名誉，然已因循无多贡献。相互
侵轧又不能免，地方党部之营私<u>丛</u>谤更无论矣。民众之
无组织与知识之卑愚由来久矣。经此失败，而仍以民众
动员责诸地方党部，岂惟心余而力不足，亦且未易恢复民
众之信仰也。

　　上午九时望兄回方岩，正拟作信，接叔同自金华来电话，
遂去公信茂洗澡，与电局二人、老兵一人杂谈。向午归来。
下午正看杂志写记①。四时元同、心孚来，偕出散步（徐心孚
住孝子门），至东门外新建陈十四娘娘庙，谓治病甚验，邑人
捐柱木绣纬纷纷，亦以见上江迷信之深也。心孚约在其家
膳，席间尚有审计处若干友人张君、何君等。九时许与元同
步归。聿茂兄今晚约晚膳，先应心孚约，未往也。

　　有述韩向方②被擒经过者，记之，惟不知其言之确否也。
韩与日人关系本深，聚敛所得多存日银行。八一三变后，日
本尤尽力勾结，中央军至不能北上。既出兵亦敷衍不战，军

----

① 整理者按，疑脱一"日"字。
② 整理者按，即韩复榘，字向方。山东省主席兼第五战区副司令长官，1938 年 1
　 月被蒋介石处死。

纪军备既窳败，韩亦始终暗昧，及退济南、失济宁，一再抗命，蒋公始欲正典刑，而难诱致之人。李德邻毅然往，盖力主惩韩者。至则告韩，吾与中央向异见，然今次蒋下决心抗日，国命之所系，请共策进兵之方。韩不之疑。李留鲁，有军事要举皆与会衔布告，所往辄约韩俱，韩他往辄从之，以示无秘。既以鲁军多不足有为，惟展书堂师可畏，乃以计谓敌军急袭陇海线，力请调展师。展师既去，乃截后路而逮韩南下焉。闻刘汝明弃城服法，阎以舅甥关系自审，深夜以易人而活■（李？），而韩至即审即决，不仅抗日战争中快人心之事，亦民国以来跋扈军阀之最严正收场也。

今报载钱塘江畔炮声疏落，无何变化，而富阳城仍不下，敌军且进行构筑坚强工事余杭传自动撤退。京、杭、芜为敌在东战场三角据点，欲保杭必以富为屏蔽，宜其增援不轻弃也初攻杭垣，即日直冲富阳，其后富、桐间与六和塔东保安队曾战奏功。津浦线亦无佳讯。明光渡河已呈，预料敌正补充准备，春暖当有剧攻，然我师亦正调整，相当时间应亦有转变，不得以浙境驻军概战斗军之全欤。

甬友来人言，上海米石二十六元左右，又言沪、甬轮运又复,"新北京"、英商"德平"、"宁营"改意旗,谋和德商三船来往。近来自甬去人少,转为自沪来甬者多,盖以避居者生活渐艰而退回也。将来米粮之绝运为上海一危事,而租界驻军与日军可能冲突之牺牲,犹其余事也。

顾文渊为谈银行界事,颇亦益吾常识,谓中国金润泉、交通黄筱彤、中央张忍甫多出身钱业,无何知识,全无政策之可言,故频年本省银行界惟直接向政府、间接向民众营利,于浙江民生省计,无何利益之可言矣!银行以低利向民众吸收存款,以其款贷与省政府,政府发公债为抵押,而向民众推行公债,故银行业务,乃惟在政府与公债营业中"套圈子",而罕在农工商业发生关系。地方银行近年分力于调查顾即在此股,稍稍从事于农村放款,与丝茧业放款,然历史短,信用未明,成效未著,而战事起,民未蒙利,而银行已受其损,以后短视之银行家,且益以辅助实业为戒途矣!新事业有轮廓而无如西洋各国经济组织中之实质,大抵类此。近岁浙省各县,多有县农民银行甬属无之,人自为政,无业务无报告,至以开支侵入资本,吸收存款,信用不堪问,官吏以至地方党部多上下其手,流弊不可究诘(张静江主浙政,倡农村放款,由田赋加捐得八十八万，数小，竟以私心付农工银行代为放款，故各省有农民银行，而浙省未办云）。

遇一省府卫士队排长张姓，鲁人，入伍已十年，旧隶冯部，后为中央收编，在海宁作战退出，乃改入卫士队，谈旧日冯部之情形；又言海宁抗敌，敌人少而勇悍，殊不如报上宣传日军之专恃武器也。

叔同电话云，昨日到金华，自建德装出善本今晚可到金，告以经费洽妥，明后日即可向交通处索车启运，想第一次车二日内即可过永康也。

自廿六年元旦新立日记，颇杂记见闻，然太杂乱无足取，且交识太狭，所纪大半无裨国闻，而个人□于公职，束书罕浏览，不读书更鲜灵思，尤无何心得之存于此记也。八月间返乡，为家人疾疢不宁，日记中辍二阅月，补辍亦不能齐。旧时日记亦往往作辍无常，详略靡定，今当旧历易岁，应立一决心，每日无论如何忙乱，必即日记之。五百字以上为率。无论生活如何动乱，宜读几页书。有无心得皆记之，见闻不确勿轻记。辨时事是非，勿涉人私德，省自己得失，勿昧心自欢，应为他日循览进德之一助。

运书日记 戊寅日记之一

1938 年 1 月 31 日～1938 年 2 月 28 日

按照陈训慈与浙江省教育厅协商之运书方案,建德存《四库》及善本改装小船后于 1 月 30 日运抵金华,由此再走陆路运龙泉。前陈训慈为安全计,数次呈请迁《四库》于内地。现因南京盋山藏书尽为沦陷,且故宫文渊阁《四库全书》命运堪忧,故教育部主文澜阁《四库全书》迁黔,而浙江省府则不以为然,存置不议。陈训慈奔劳其间,为保《四库》之周全费尽心力。

叔谅来，知文澜阁《四库全书》于日内可由龙泉起运赴湘。

——《竺可桢日记·1938 年 3 月 25 日》

一月三十一日　星期一　阴历戊寅岁元旦　雨

在永康寓次。馆友吴伯均、柳永缙同寓。史美诚、王文莱在建德、金华途中运书。图书馆自一再紧缩，一月初旬迁来永康，仅余等五人。此外，汪闻兴、虞培兰在建德总管书，而孙金三与馆工王仁焕等命留杭守馆宇及民房存书，不知其安全如何，良可念也。

废历废于官而存于民，岂仅商家而已。永康僻处内地，风气尤闭塞保守，街上殆稀有记国历者。昨晚除夕，家家红灯灯上有题"庆祝和平"者，可怜。今日街市全停，民家祭天祭祖，仍如雍熙太平年。爆竹频催中，余辨明而起，见东家徐姓供祖像，遥念家乡族人，当亦正联袂赴宗祠谒祖像也。敬宗收族之义，在杭嘉湖已衰，而浙东则多重族居，永邑所见家祠尤多，风俗之敦厚，此其一端也。今日街道囿旧俗大赌，有司以省会"行都?"[①]密迩，即禁之。

---

① 编者按，原文如此，整理照录。

不能无乡里之思。作外舅一信,致莹一笺,示迨、约二儿一笺示以战局大势。不知渠辈刻在家抑在外家。昨多食,今腹泻,午寐良久,陆元同约晚膳,余未赴。

读明文,宋文宪、王忠文祎,皆金郡人也。宋文雅洁而沈迈,王文则严肃朴厚。文宪《秦士录》讽儒生甚深,所谓"古者学在养气,今日一服儒衣,奄奄欲绝,徒欲驰骋文墨,儿抚一世豪杰,此何可哉"。今有自命为"文化人"此词不通之至!即"文化界"三字亦何尝成话耶? 者,于本国史事人文瞢然豪无学术气味,顾骂倒一切,睨视前辈,不自耻其常识不及市井小儿也,其可叹抑甚于明初儒生多矣。

青田刘文成公余杭章先生于古人少许可,独服膺刘公不衰,故都临难时,曾以葬文成墓侧托公后人祝群先生博通经史,与宋文宪俱称一代之宗。集中《郁离子》一部,为未出山时元末屏居青田山中之作,以寓言达辞,辞论义贞,颇有新解。一则记蜀贾三人卖药:黠者大富,兼取良与不良者亦渐得利,而专取良者则无人问津。文成因断之曰:"今之为士者亦若如是夫。昔楚鄙三县之尹三,其一廉而不获于上官,其去无以僦舟;其一择可而取之,人不尤其取而称其能;其一无所不取,以交于上官,子吏卒而宾富民，则不待三年，举而仕诸纲纪之司，虽百姓亦称其善。"讽俗士与贪官妙矣。今当轴方频频以廉洁号于下，而官方不饬，日以益甚。"舆论"唯见势利，谁辨是非，夫贪婪者"举而仕诸纲纪之司"，犹可谓在上者率不能无蔽也，若夫"人不尤其取而称其能"，"虽百姓亦称其善"，则盲目之舆论，所以为奖进颓风之阶者，尤可痛也！闻新省委某君在温属本一好官，及兼专邑，则力取于民，今既升其位，而人亦从而慕之。呜乎，国之所以敬者，势也，风习也，非一二人之为也。曾涤生所谓移风俗之一二人，将何所求之乎？

二月一日　星期二

　　读明文归震川、唐荆川、杨士奇诸子之作。归氏文名过其实，殊乏精彩。去夏读归集，涉览其酬应志表之作，尤多驳杂不经心，不足存也。晚明人为文多雕琢，自成格局，与明初大儒之不自名为文而气势磅礴者殊矣。岂亦时运使然耶？比来神经衰弱，似不以事简而减。盖意乱则神态不定也。昨睡前阅刘文成

《松风阁记》，则梦在故乡见美公引我入松山，又以阅黄陶庵《李龙眠画罗汉记》，则梦浏览国画甚多。此类梦尚清适，但亦以见脑力之不逮也。

为鸡山小学准期开学及今后方针，作致教务主任石克五一信。石君少年老成，代余主校事二年余矣，余在四明讲诵时之弟子也。

步之黄坭巷博物馆办事处，访董聿茂兄，谈论战局。博物馆亦紧缩，仅留二人在兰溪守设备，四人在此。聿茂意在此采集，工具不完，无可为，拟赴兰溪制标本，又有再作西北之游意。聿茂留学日本五年，谈日本民族性颇中肯綮。

前为再迁《四库全书》事与馆藏其它善本，向当局接洽交通处拨车运送，余自金归，史叔同、王文莱以一月廿三日赴兰，次日抵建德，即雇工搬挑，廿八日下船上驶，卅日抵金华，将由此装公路车，分二次运龙泉。今午叔同押书一车至，谈装运情形。午后往站视之，叔同即押运去丽，明日赴龙。今日凡装车三辆，约八十箱。晚文莱来电报谓时局风声稍紧，车供军运，无大者。因念兰溪所存有方志及校精西书，有此公用车，宜并运来。晚作致三峰殿与信，致兰邑陈县长一信，致文莱信。拟致本省各县区民众图书馆公信，又拟送报消息一则。

昨今报载前线战事,虽有剧烈战斗,似仍形胶着状态。津浦路线上敌已于卅日渡明光之池河,然攻定远、蚌埠之企图犹渺远。事实上,不能不放弃左右两翼之路线而仍沿铁路进取。我军固不易收复芜湖,而敌亦自知不能急取铜山,较前一月之着着退守似差洽众望。镇江敌昨晨图渡江未遑,又传北段鲁境我五路攻济宁,至少可分敌南下打通之势。然浙境军力太薄,绍、萧与桐庐前线并可忧也。

二月二日　星期三　阴　晚小雨

今晨八时伯均、永缙二人去金华协助文莱运书来龙泉。今日又有书一车过境往龙,永缙明日再押车去,伯均或赴兰一行。

陈纯人先生来谈杭州近情。聿茂兄来留午餐。陆无忌兄来谈政军近事。邑人胡鸣隆来,旧日在中央大学政治系,曾受余教课。渠约余与顾君文渊游松石亭及九华庵。松石亭为城区一著名古迹，有松石根，殆化石也。志称唐人植，胡月樵先生立匾，云系晋物云。荒地中一卑亭，无足观也！

读明文袁伯修、中郎、小修文若干篇。近人颇标揭公安派文学，实多取其糟粕。小修撰中郎集序，精湛透澈，而其风时人效颦不类语，更若为今人之剽窃晚明小品以从事于所谓小品者写照，云："一二学语者流，粗知趋向，效颦学步，其究为俚俗、为纤巧、为莽荡。"至譬之于棘花之杂群卉，粪壤之乱清泉，其语甚刻。今之海派文人，一何俚俗纤巧莽荡之多耶？其实袁氏公安文学亦正是明代文学模拟刻作当然之反响，其可取在乎敢于打破古人藩篱，而复我本性。故中郎之言曰："学达即学古，学其意而不必泥其字句。"又曰："理充于腹而文随之"，"事今日之事亦文今日之文"。而小修之传中郎则谓其振宋元以来之颓风，"以意役法，不以法役意"，使久槁之名卉复放，壅闭之泉复润，使"天下慧人才士知心灵无涯，搜之愈出，各呈其奇而穷其变，然后人人有一段真面目溢露于楮墨之间……各有其长以垂于不朽。"以今语表之，亦即民七年顷《新青年》倡文学革命时之所谓"个性解放"也。今之称公安者虽闻此道，而所学惟其恢奇怪诞，以此新桎梏自加而不自觉，几何而不为三袁之罪人也（《国闻周报》斥今日文艺小说之"差不多"，即斥逐波而无个性意）。

杭州失陷四十日矣，馆工全福以一月十日脱逃，五天返慈溪，来信第云图书馆已有敌居，又言燕子弄、岳坟□有火，语焉不详也。《东南日报》所知亦甚少，报上所载都皆断片不明。地方银行有工人于一月中出来，亦第云新市场无大破坏。所谓维持会人名，报上亦传说不一。今日纯人先生见告，谓从沪友_{晤杭}来人转告，知敌以维持秩序，已拉拢谢虎丞长商会，徐曙岑为之秘书_{徐工诗，有搜藏}，向为清流时访之，不图以支配欲而自误至此。彼等以不能镇骚动，曾以日机赴沪迎高子白、徐士青、张啸林等四人而不赴，致秩序仍未复_{以下城住户多不迁，故五十万人口，今尚存十万人云}。比日电火已明_{艮山旧电厂}，惟抢劫仍常闻云。今敌增防富阳，意在固守，战事终结之前收复杭州殆未易欤。

今报载政院会议以程潜主皖政，以鹿钟麟继唐生智为军法总监。刘峙原以绥靖主任名义，近必主北路军，而未闻出兵。程代商震，豫兵殆将出动，而唐氏虽称病，是否出视川军,亦可注意者。

胡鸣隆在金坛县党部服务,十一月杪事急离去,自京取道芜湖、屯溪,二十二天始归永康。沿途艰困步行殆五百里,据谓十二月四日过京,自丹阳西未见国军,而中华门方掘沟布防,岂中央之不坚守首都,为保精锐留后来作战地耶? 聿茂谈博物馆预算十八、九年初为八万元,廿二年尚四万元,以王馆长不治事,骤减至万九千元,今渐增至二万四千元。此次运出文物极稀,留余杭者多亦陷战区,战后兴复必大难。国中省立博物馆极少,浙省创之已八年,而以主者不得人,不能图进展,亦可惜也。

二月三日　星期四　阴历正月初四日　阴雨

阴雨连绵,竟日不息,本馆运书工作为之中辍,今日无书车过境。晨间编写一月份本馆大事记,历一小时。

竟日作信多笺:答陈寥士谢寄诗。答启林兄述乡事。答望尧为语定西文期刊事。答魏安德为请入青训团。致烶弟与谈家事并托寄来笔记，又附■（吉？）君求信。致晓峰为浙大约任课事。致慕骞请渠来永一行，以商余告假赴赣事。

又答黎叔先生、望兄各一信。黎叔先生示以前日省府会议时，厅提《四库》运费之提案，并云已通过矣。

昨晚晓峰兄自吉安来电云："近正考试，考毕续课，盼即来吉安专任。"至今仍持专任之前议。余近日为馆务之安定，自身生活之偷闲，与对本馆之道谊，意已略定，守□残局，今此电又使人意不能无动，亟待叔同来，俾与一商，是否可代负责。就兴趣言，自亦以赴赣为得计，适六弟信来，亦劝我应浙大聘，意又为转趋西向矣。

阅西文杂志 Current History 十二月号，有 Andrew Tolstoy 著《中日战纪》一文，对于中国军前期作战之评论甚不好，虽若成败之见太深，似为日人宣传，然吾人惑于报上宣传之不见其真，则第三者言亦自有可重视者。其论北方战事，固讥嘲万端，即于上海战事，亦谓中国军虽表现勇敢，然军火落伍，战术亦逊，尤其以将领不善而致败。如谓浦东炮战之太迟，如谓陆战之只赖人众，于我国之观测皆近轻视。此文当作于十一月秒，使在南京陷落后之美人论调，必更以军事万能称慕日本。势利而头脑简单之新大陆富闲阶级之脑筋,如何可期以正义耶?

今报载淮南一带战事剧烈,鲁境我力战有收复济宁之倾向。富阳城西敌尽力筑工事,志在死守。闻此段现任防军自廖磊调粤,来者为薛岳部队;又闻顾文渊言,赵专员告彼有滇军五师本来浙增防,以白崇禧意调津浦南段。广德、宣城间力战者当即此军欤?

读顾亭林文二篇,读侯方域、魏伯子文数篇,气虽顺而殊失高雅之感矣。

晚作信竟,九时半就寝。得六弟信,谓■(次?)行以汉口生活价高,已偕八姐来沪云。

二月四日　星期五　阴雨

霪雨连绵,浙境前线无战事,而津浦南段敌军突然自滁州猛攻,结果竟连陷定远、凤阳,日报并传克蚌埠矣。北段无发展,而自蚌北指我军若不在徐州之南拼力抵拒,此线殊为可忧。广德、宣城敌破坏之惨屡见报载,传我游击队亦未必动摇南京。意度李宗仁主皖,于铜山必有积极守御以慰国人也。

以雨故,本馆运书车无过境者。叔同亦滞丽未返金,殆以雨,金华不能装而龙邑不能卸也。读曾文正公文三篇。

访聿茂兄,谈博物馆往事。渠廿二年七月接事,于省帑逐年减发,言外有余慨也。博物馆成立于十八年,博览会结束之后,大兄以前任省委主馆事,故馆直属省府,而静江先生主政,气魄大,定预算为八万元,置古物,延名宿,一时称盛。二十年大兄再任市长,省府遽以方策之介绍,委王念劬字松渠先生主馆。盖方为不管厅省委亲友相依,无不出语,乃位置王氏,而干以私人,馆事日废弛。王为举人,而于朴学古物无所嗜,职员竟多军人充数。聿茂仍主自然科学部,亦自守范围,以不娴事不置设备,经费有余,竟以报厅,财厅逐以扣发新经费。王氏所用人至失显微镜而无从究。于时二兄方主厅事,以王太太不理众口,乃俾王去职而以聿茂继承之,谕以发展科学部,而保守历史部。然实际上历史文化部既有基础,自有扩充考订之需要,无适当人才而废之,不能不谓二兄

101

于此乃太消极。虽为省库省不急之钱，然博物馆预算自是大减。聿茂故治动物学，为人敦厚而短于调度。科学标本岁有增益，采集调查颇有成效，而于全部事务之支配，对外之联络，则较忽略，致博物馆三年来在学术界之声望不能增，而新主省教者，则不知其渊源与特性，漫以民众教育机关视之，乃益枘凿矣。近二年陆续复增岁费，亦仅月二千金，视初办时大逊。国内稀有省办兼人文与自然之一完整的博物馆，吾浙有之，而不能充分发皇滋荣，可慨也。阅《胡适文存》材料篇。

今日竟日作信甚多：致启俊答询四库馆藏情形；呈竺师道缺课之疚；致周聘三慈抗敌会为棉背心捐事；致叶秉六、致蒋瑛年为农泽校款；致陈逸隆、致郑善林农泽校事；致雁石为助款邮失事；答六弟报告家人情形及个人方针；致吉茀；致雪昆询流通部。十时寝。

二月五日　星期六

雨不已，继之以雪。旁晚见斜阳，雪霁溶，听溜声滴滴，卜明天晴也。

张强邻来访,知之江大学在沪开学。

阅广东《中山日报》,编印俱进步;阅《广西日报》,于抗战论调新闻俱甚尖锐,虽文物逊而果毅远,足愧煞两浙江南文弱之民众矣。

报载前线无重要变动,惟津浦北段敌亦有进展诸城、蒙阴相继陷,预料淮河对峙中。李宗仁新主皖政,当有以率四方健儿以作一猛击也。宣城西之高淳被我克复。国际消息混沌,国联把戏已使人生厌,要之亦惟西洋思想使大和魂起了作用,统发生此世界第一无赖式之横行,英人固已自供之。英下院保守党议员汉诺之言曰:"中日两国曾和好相处数百年之久,自欧人殖民主义是已! 莅远东后两国始长在战争中。"渠称许政府之中庸态度,却谓以此愿表其意态上羞恶之感,此言重可味也。

阅严又陵译《群学肄言》情瞀篇,文雅义渊,岂后之率尔采译者可几哉。意译诚有弊,然不学不解文字之陋人,不足与语此也。斯宾塞之《社会学》原文未尝见,然即译文觇之,盖深有哲学意味,非时代之作品而为永存之名著也。"虽智及之而情所以瞀之者二：所喜者期其不可期，所恶者绝其不可绝，一也。在己则重其所可轻，在人则轻其所宜重，二也。二者薶而众惑生焉。"又曰："爱憎之情大胜，其智必昏。于己则闇，于人则明。"又曰："常人无论，即既具知识，于群之法度礼俗，必有所爱憎轻重然否于其间，此非一朝一夕之故，其渐摩畜积久矣。以其成之之如是，故虽明知其为心习，常求其勿如是而不能。一事之来。一意之立，己之所左右，皆侪其先成于心者以为程。此成非他，即向之所蓄积渐摩者。夫岂征实询事以定其是非也哉。"

斯氏引法国革命时屠杀贵族近万人，与拿坡仑战役死亡几二百万二事较证之，以为前者为可恕而后者为大凶，而英之常论辄崇拜拿氏而斥责革命中之杀戮，于以断语曰："心习既成，爱憎凭臆，则虽数明而可稽，事著而可核，且公道大反焉，矧幽远难明，繁赜而不可理者耶。"拿氏之黩武，斯氏所痛斥者也，今日德军阀方肆，过于拿氏之残暴，而英民亦若无睹而徒为空言。呜呼，斯氏所慨为"吾于公道无望已"矣耳。

读历史与舆论，往往奖进罪恶。治史者虽骇拿氏之杀戮，但常称道之为英雄。其实表拿氏之武功，何若表其隐隐持续革命时代之反封建之成业，如见之于施政治之于法典者。若其征伐四方，妄人之为，何足多焉？顾学者传之，舆论多之，于是治兵者必以征服世界为极则矣。威廉第二步武拿氏而不逮者也。田中、荒木、松井，率无赖耳，又何望哉？然不得不谓为荒谬之历史哲学造之孽也！

清文如张濂亭、吴挚甫诸文，终感孱弱无余味，惟其时近事熟，读之足益气识、助见闻耳，颇思排日抽时尽《清文汇》而阅之。

整理半月来馆中收到文件，拟本馆消息一则。

今日又作信甚多：答姚名达问存书所在；致刘湘女请发布教育消息；致君硕道近况；致二兄一长笺，一月不去信矣，二月不得来信，盖所谓家书抵万金者非欤；以作八弟复信之便遍作致诸侄信：一致迟，慰问其在川有工作否；二复过，以其去秋以后致我二信而未复也_{过学医而有文，来信文词渊茂，今亦以文言答之}；三致细怜，道乡间琐事；四致远遂，勖明细上进焉。积久信债大体为之一清。甚矣，余甘为信札之奴隶也。_{虽耗时日，于自励，□人不为尽无益。}

自十一月中南迁，日记曾中断，以时补之，今日又补写十二月份者一星期，乃始衔接无缺，后当排日勿间为戒。纪浙人之为国贼汉奸者。浙为忠义气节之邦，今复何如，可惊慨也：王克敏_{杭县}、汤尔和_{杭人}、李思浩_{慈溪}、池宗墨_{绍兴}、陆宗舆_{海宁人}、梅思平_{瑞安}。

致■（通？）侄书。以彼初离学校入社会，劝以处世应外逊而内激，和易与人，而仍凛然不磨其本色，静观社会，知其情实，而不为俗习所染，亦不为酬谢自扰太多。又慰以"军事错综纷纭，吾人亦只得从变中体念不变者，不必于时事惊悸过甚"。因勖以业务之暇，"稍稍读古人书，厚植涵养，于事业亦不为无裨"。又论蜀中青年多老练果敢，但往往失之浮夸。学其练达而去其虚浮，方为有益。

105

二月六日　　星期日　　比来夕常十一时睡,而晨六时便醒,颇
　　　　　　　　　　　　觉睡时不足,而晚间常理翰墨,不肯早
　　　　　　　　　　　　就榻,此亦一恶习也。

　　上午天晴,下午又阴霾,三时复雨,继之以雪雹,入晚又
淅沥不休,前方战士之寒苦,甚可念也。

　　作致涯兄信、季愈信;致学素信;致林黎叔先生信。写日
记十天。

　　整理二月来本馆所收西文期刊,促续定之函件,及拟发
各县图书馆公信。

　　上午访盛佩葱先生,访曹君功济于农行。下午张君勤
来,聿茂来,陈庆亨来。旁晚苦寂,觉独餐无聊昨今午刻常约比
邻同学顾文渊俱膳。往约陆元同,陆君方烹一鸡,留我晚膳。膳
毕渠谈锋甚健,八时许归。

　　自金华运书之工作为雨阻,停顿三天,今日自金华开来
过永康驶者,凡四大车。据云《四库》善本已装完矣。留兰溪
书大抵已由伯均或文莱去运,闻明后日又有一车,当即此非

善本部分也。史叔同以三时过境，馆工待之于站，余属其来一叙，渠匆匆竟去，其心性卞急，大抵类此也。性急有时自属必需，但有时太过亦未宜。今日入城一转。车预定到丽暂止。二小时可达，不致天昏也。然余之宽性宜与互剂其平。

五时接一吉安来电报，初以为晓峰电也，详阅之，则系鲁珍由浙大发来。电云："教部已三电浙省府速将《四库全书》运往安全地点，并指令浙大协同办理，即派李絜非兄来，请兄赴藏书地方会商。"此事余一月杪在方岩就省府李秘书长办公室始见教部一电，并从李语得知黄主席不以为然。因原电提及运黔，彼遽谓岂东南土地人民可尽弃欤？余虽感外省究较安全，察情亦不复言。不料教部乃又来二电，立夫先生竟如此重视或部有人主张之《四库》欤？抑文津、文渊确知有被劫之虞欤？殊属费解。然今已运龙，在浙境差为安全。今当去电龙泉属暂勿挑入山，以留伸缩，一面当早赴方岩一询真相，以商定之。

君勤自江山农民银行结束去沪，今又将赴江一行，道及大兄留乡不动，颇以为非，以为纵不被胁，如被敌占亦自感痛苦。渠曾数函言之，然大兄于此甚坚定，吉弗六弟亦以为言，渠仍决定不赴沪也。

107

与曹功济等论战局动向与甬属安全。闻甬、慈间铁轨皆已拆除,限期甚促,工人手皆胼裂。如此情形,又若当局于甬不主守者。如过江至绍、甬,驻兵当南退奉化否则当守,则铁路东段正需要,抑系防慈北登陆以夹攻甬、绍欤?不可解也。今报载蚌埠确失,敌攻怀远,北路我亦不利,徐州大有东南北三面受攻势,可虑也。富春江敌渡江不成,但敌在富阳已增兵,扬言五日内取桐庐。前线兵备究何如又不可知,殊闷人也。

二月七日　星期一　阴历正月初八日

上午仍阴雨,下午一见日光,现又阴霾,如为前方致其悲怨者。

今日叔同自丽水赴龙泉,而文莱伯均留金华未来,大致为兰溪存书未到,故未能装最末一次之车东来也。

竟日未出访友,阅报之外,为馆续办下举各事:(一)拟致全国各省立图书馆、大学图书馆一通函,报告本馆迁书情形,并请续予赞助,互通声气;(二)拟致本馆同仁通函,报告迁馆经过及维持之近状（推己心以及人相系念者应不乏人，且可省对来问者——裁答也）；（三）拟一呈厅文，呈报一月份工作概要；（四）复浙大沈鲁珍一电，告以省府不主迁外省，容絮非到商量，又致龙泉县长一电，代转告史君到龙，书暂勿搬挑山乡；（五）修正补充十一、二月份大事记；（六）致季俞一信，告以馆中近状，此外并整理馆中收发文件。

晚九时卅分寝。

家信二旬未至，烶弟亦竟不报书，望乡殊悬悬，步街头一行。

今之人无才逞勇而自鸣为有魄力者，其实仅魄力果足成事而有裨于人乎？聿茂与我谈，彼谓魄力必与能力相应，无能力而曰魄力，亦犹妄人褰旗绝尘经市，市人群避之，试问果所何成哉？渠老实人，此语讽我浙教某当局，亦可谓深刻矣。

曾文正云："身体虽弱，却不宜过于爱惜，精神愈用则愈出，阳气愈提则愈盛，若存一爱惜精神的意思，将前将却，奄奄无气，决难成事。"余十九年、廿年在京，自以病后常存恐恐之一念，来主浙馆事，乃倍忙，不甚爱惜精神，体力转稍进步，而于事功亦不为无尺寸之效也。近年则又一时存一爱惜之念,于公事赴之不勇,往往"将前将却",正中其病。如何戒浪费光阴,而磨练精神,于实在之德业事功,愿自今以自勉之。

忆明季南都既陷,有秦淮乞儿题诗桥畔,纵身入河殉国。其诗曰:"三百年来养士曹,如何文武尽皆逃? 纲常留在卑田院,乞丐休存命一条。"见某笔记。今外侮至此,非仅域内民族之□鼎比矣,而忆杭建金兰道上,汽车电驰,显然一幅文武尽皆逃之景象也! 明末犹有士人正命,今乃攻城陷邑,鲜闻自杀殉国者,则"士曹"气节之失坠,抑尤甚矣!

前月杪接东京寄来《朝日新闻》二天,为十二月廿八、九日者前后皆不续寄,馆中本定阅。其廿八日载济南失守写真,而廿九日则将廿四日日军陷杭,大队进入英士街之情形与领馆前之欢呼制版印入之。文莱告我,今始展视之,痛恶难言,岂其专寄此于我馆以示侮辱耶?

广州《中山日报》近来办得颇为精彩,胜于《东南日报》许多。十二月杪载有朱伯康论文一篇,颇有热力而言之有物。其谓日本之发展骄狂,实中国之容忍与自弃所养成,今则为认清时代之历史的焦点,至言也日财政学家谓日本之金本位币制得于一八九七年因中国之赔款而奠定其基础云云。阅汉口刊物甚多,多少年使气之作。稳健作者近在报端斥其有背景，讥笑备至。双方皆有成见，此甚可忧事也。

报载我军于六日下午二时收复余杭，湾沚、鲁港亦复，并向芜湖、宣城猛攻，又进逼拱宸桥云。然淮北怀远既失，铜山似岌岌，希望日内北段反攻可有开展也。

二月八日　星期二　阴历正月初九日

天气晴朗。晨步由义门外望野景。自卫队正在野操，歌声震山谷。此间壮丁组自卫队极认真，应非吾乡所及也。日落西山，又步越高岗至显龙庙。余阳射自山巅，绚烂成晕，青天丽云，斑斑可观，西湖春色，比复何如？敌骑纵横，何日重克湖山耶？

今日为本馆工作：（一）核阅西文期刊续定各信，录出刊名价格，修正信稿，备汇款续定；（二）整理中文、西文期刊，各为类归；（三）拟致本馆各同仁一通函告近状、致勖勉；（四）函省党部索抗敌图片，并复许振东为流通部事；（五）为

111

抗敌照片五十张编缮说明。

接浙大沈善修电，谓絜非未动身，为《四库》书协运事今派彼迳来永，大约四日后可到也。

作信。自上二信外，又致■（荣?）惕启兄洪原，又致叔受一信寄甬，附去毛无止一信，请探投。无止十一月三日自巴黎信来，云十二月十日由法船动身，屈指应已到沪，不知是否中止归程，抑已到沪或甬也。

晚间金晓晚来谈自松阳古市来，湘湖师范已迁彼处。陆元同旋亦来访。九时卅分去看书作信，入睡已十一时。

每日望信辄失望。邮递未隔而家人懒信至此，他日交通阻隔，此情更难堪矣。

永康之俗，俭过于勤，不□在讨究改善生产之道，而但低降最低限度之生活，非智也。

颇闻温州男女之道不饬或谓男子远游海上者太多亦一因，但吾甬冒海经商者多于是也，不知金俗何如。友言永邑亦有租妻之俗，普通之家藉此助生利者有之，其滥已甚，是亦俭而无节之过也。

今报载我军力攻富阳，似已规复大部分，余杭敌退，我逼闲林埠。报人又传不久复杭，实则敌于杭工事已筑，而沪嘉杭之交通在彼手,运兵便利,彼或不守,志守似非易与也。

晓晚为言平阳北港地方有所谓闽浙边游击战总队部救亡工作训练班者温州中学等学生从之者不乏人,粟裕方志敏死后,与项英同为东南共党中心人物主其事,不重形式服装简陋不一律,不以等,而以共同生活博青年归向。自早操外,上午上课,下午则跑山,实习游击队战术,尽取共党理论小册为读物,盖此方面活动显已复活,为抗日而合作,但共党决不放弃其政治立场也。因谈教育厅主办之政训团、青训团,徒重形式,而未能注意共同生活,以吸引青年之信仰,且政治训练于思想关系甚大,而未闻生事者,设法延致人文科学之有力导师,以管理来解剖时势国情,以期导率青年,故训练团之成效,诚恐难言。今日接丽水友信,谓两团皆未上课,又闻政训团员或以此质诸办事人,当局答谓非上课为训练,如此生活已是训练云云。其语甚妙!许厅长于此事甚有兴趣,而重视之。顾至今不以揽人才为急,致报到已久,而无以慰远来相就者之望,殊令人莫测高深也。

建设厅任厅长廷飓,桂人也,习于桂中重视政治训练之风,重来浙主建设,颇延致青年,同济、浙大及他大学生,初则置之"物产调整处",旋乃要求龙泉、云和、遂昌三邑已易县长分配此辈,令任地方工作,意谓开放民众运动,将反常辙作一试验也。其中分子复杂,人或诘之,任又令各县长于此辈加以限制,勿令参与重要工作。果然,其举措不定诚可笑,然默观现状,正有人欲利用此抗日之一机会以扩其势力,而国民党知之而不能范之,徒自暗中倾轧,而以后青年思想之趋向,今后政治冲突之埋伏,皆至可虑事也。

二月九日　星期三　晴　下午阴

待书车自金华来尚有一车非善本书,大约文莱、伯均押行,仍未至。接叔同来信谓,彼以水大,车渡为难滞丽,伯均赴兰运书,不日东来也。

今日办理本馆工作,有:(一)拟呈呈报一月份后紧缩及结束以前工作情形;(二)补正本馆十一月之最近大事记;(三)函复汪闻兴,准许其回里携眷来建继续管书;(四)函复张科长报告运书情形;(五)查本省各图书馆馆名,写信封六

114

十余个,备发通函;(六)批阅新到公文;(七)写同事信封;
(八)访县中县■(团?)借油印机。

晨间偕金晓晚兄访徐心孚兄,谈近事。渠欲转沪试归金
坛探家人,晓晚劝其勿行,以智识分子陷于战区即有被胁之
危险,渠曾长富阳,尤恐不便也。

晓晚见告以渠在松阳,闻之松县府中人,谓原在处属之红军颇
有结集松之山乡者,一日忽以书抵县长蒋剑农,谓将有大队
部下前来抗日,请在某处接待。一科长衔命往,至则其领袖
请协助召集民众大会,其人即席宣告我们现以日军深入,遵
令参加抗日,将与日本人算了账以后再说,因此将不再杀保
甲长。惟我们系与政府合作,并非投降,如有人说我们为投
降者即为汉奸云云。此队伍后即开前方,"再说"二字大可
注意。

闻周恩来中共干部分子自抗日战后常参与蒋公帷幕,大
本营组织中分若干部,渠任某部主任云。

今报载于潜电,我军六日下午收复余杭后,当晚敌增援
反攻甚烈,至七日晨,我又放弃余杭,现退结余杭山乡,则昨
传进规闲林镇者非意想,即已成过去也。又传桐庐新登驻军

推进夹击富阳,然富阳敌守甚坚,我方浙皖间之反攻主要目的殆在牵制敌在江北方面津浦线南段之主力战今载皖将展开惊人血战,考城克复,然据所闻,似已鼓三军之精锐而余杭乍进即退,复杭谈何容易大报作如此幼稚之宣传,见之评论,殊为不宜,非在浙我师太单欤?

昨晚静思,顿生一感觉:即我之处己对人与赴事,自省与现时代下中国所需要于如我其人者,实甚远!亦可谓我自信不可谓好人、而亲友多衷心犹推为好人、而见闻所及亦深觉滔滔者,于学识、负责、公忠种种,皆较我等而下之者太多。如此一想,可为国家不寒而栗。中国之不能遽见复兴,其原由何假外求,此一念中,基因存焉。

叔同来信云《四库全书》、善本已到龙泉,计八十一箱每大车一辆约装廿箱至廿八箱,今日续运,计一百十一箱四箱①,暂存丽待回车计四十箱,共二三二箱。此中《四库》计一七〇箱,余为善本云。

教厅使来,送来公文,其一为转知教部令迁运《四库》书

---

① **整理者按**,原文如此。

事,略谓:"奉省府令,知接教部电告文澜《四库全书》应迁黔省,现已去复,内开:《四库全书》正由图书馆长商承教育厅,拟先移本省较为安全区域,并已在妥藏中。承示,当饬厅知照,相应录副转知等因。令仰该馆长知照"云云。此事余前晤李秘书长,已料知其去复大致如此。惟同时望兄函告,谓前日教部又有二次来电坚持须运至省外,省府复电略以贵部仍拟将《四库》书运至省外,希即派员来浙主持搬运云云。此乃黄主席于此事表示不满,即过此以往不肯负责也。同时部又电浙大协助,故浙大特派李君来此,以余地位甚难表示,不知教部是否立夫先生本人如此重视,府电去后,反应又何如也。

娫弟十九日发信,以为已迁,寄丽水教厅转,以致在途廿天。连日甚盼家信,得信知家人近况,颇慰拟日内赴方岩探询。

下午访陈纯人,谈一小时,访永康中学胡校长不遇,访图书馆王馆长借书归。十时寝。

灯下顾文渊来谈。写二信,拟文稿。阅《中山日报》社论,论国际大势与时局颇经心结撰也。

二月十日　星期四　雪。下午雨，旁晚止。

今日在寓写信看报，叔同回来，晚约熟友五人共餐，谈时事甚久。

阅曾文正诗文集若干篇。

报载富阳、余杭战事剧烈。富阳城外山地多以游击而被我占，但敌增援坚守，余杭收复一天而复失，惟东端闲林镇已中裁为我游击队夺取。我空军炸蚌埠，敌偷渡被歼。敌在芜湖有后退模样。闻李德邻①到皖率师约十万，尚有孙连仲等部数万，津浦线配备殊充，闻敌如犯陇海路，将有大激战也。

浙境之军队，廖磊调防后，张发奎亦调回。近来主军事者为薛岳将军。薛氏当北伐时，率师下东南，后主黔政部下皆中央军，非黔人也。其时又有严重者，擅军□而与左倾者接近，以是不得志下野。传闻在赣隐而躬耕，蒋公曾往访而不见

───────────

① 整理者按，即李宗仁，字德邻。

118

云。又闻在萧山、诸暨间之军队为樊崧甫部，樊本人犹未来浙云。

大兄来信，知近避地张澎溪离相岙仅七里，谓南山方遍掘壕沟，渠早看到此层，甬江牵动，战事当在江南，渠已备缁服，必要时则投五磊寺，无被累之虞云。

无止已以十二月廿六日返国，自沪转甬一行，将仍之沪暂寓，以浙大情形见询，日前正念及浙大于法文哲学讲席方虚悬，函甬探问，今乃更作一信答之，以住址都良可知，别以一信致都良仲持，便询近状。

作叔同一信。又作致六弟信，附去致八姐信。另以一信寄五姐于慈南，一月余未去信也。复姪弟一信，又附一笺致莹，劝其勤作信。

晚约老同学友徐心孚尔信、陆元同、中大旧人张强邻、顾文渊、博物馆董聿茂兄五人同膳。心孚曾宰富阳，于富战形势较熟；元同留意时事尤健谈，军事传闻恐不尽实也。

史叔同押书车赴龙泉，今日事毕，自龙迳开返永康，三时许到，谈运书经过，知留四十箱在丽水，今天雪，放晴即可车运外，余皆运毕矣。余以教育部主内迁西南之周折告之，彼谓据车夫言,远程汽车司机者颇成问题,不仅耗资多也。此事拟容日即赴方岩探府、厅意见,以取决之。

为馆修正公信稿,备印发。

据陈纯人先生见告,本省新组省抗日自卫委员会,合党政各方人员以组织,意在发动民众增进作战力_{抗敌后援会取消}隶之。其常委系王先强_{省府方面},李赞狂_{省党部方面},而新委总干事吴寿彭。据云此君曩颇激进,如有所企图,则各县抗日自卫会必多变化矣。

友朋传述颇有说何敬之①氏之好货而不为诸将所尊者。何氏首从北伐,尤著声于浙江之平定,其后退谢军柄,于蒋公服膺有加,人或以此多之。然日久渐以好货颇腾恶誉,阅此次韩复榘之观望不前,无充分军火亦为要因,当鲁事已急,韩氏不受蒋公命出兵,及白崇禧以电话促出兵,韩以军器太窳旧为辞,询新式枪械则谓曾有资介军政部已一年矣,而新枪未见,即白询诸蒋,果然,皆何存心不可恃也。此说似中伤中央者,似不可信,然何氏节操渐堕,容非虚传也。

何与顾祝同辈积不相能,北伐初■(勋?)诸将多轻视之,则为人多能言之事实。

---

① 整理者按,即何应钦,字敬之。

二月十一日　　星期五　　晴　　下午阴

今日上午与叔同谈商馆事。作信一笺。为迁书事电话致方岩教厅询问。下午叔同赴丽水，携馆工士茂俱，将滞丽书四十箱令装船押往也。余偕顾文渊同访王式园，剪发洗澡，向晚而归。

为抄录油印诸事，函王毅人馆长，旋介一职员杨君来，以钞件交之。

晚读文文山先生《指南录》，盖文山被陷于元兵，二十日中所作诗也。读其自序，感慨乎言之。时蒙古兵驻高亭山，文山以浙西制抚，欲调富阳兵入城，而已不及。蒙古欲宋当国相见，群议交赞文山一行，议不屈，被留。文山早万险，卒以得脱，而归永嘉行在。所谓求死竟有余生，以成其忠烈之大节也。读当时"富阳兵已退趋婺、处等州"一语，与现事竟成映照。今富阳尚激战中，然省政当局已一再自金华而永康，而一部迁丽水矣！更六百年，而寇势更突过胡元，国军虽忠义昭天，然民心士气似未易言。当年文山幕客文人死难者纷纷，今则安所求之于"学者"哉？

二月十二日　星期六　旁晚又雨。

　　自始来永康至今一月有旬日矣，所赁徐拱洛先生余屋为西箱前后间，颇局促，且患暗。昨日与主妇商，将其西端一边间加租与馆其女原居此者则迁楼上，为充余居，今日上午迁入云。一榻一桌一几二凳，置书篋上，外无长物。室东向，虽小而可人意，以二小时中布置之。乱中得此，意颇自足。

　　作致晓峰兄一信，未寄，改发一电报。大意云：待絜非未到，俟与洽运书事毕，当与同来赣云。絜非七日离吉安来此，尚未见到，颇思就询浙大近状也。

　　文莱自金华来电话谓，赴兰，以水大不能行，舟滞天游家，七日方动身，昨到金，明日押书东来。下午为伯均家事发一电话致金华，便道购物。杨某介一徐君为余抄印致各省立图书馆信。

　　淮河战事剧烈，蚌埠既失，敌在临淮关左右强渡，虽力堵

122

歼之,但我已守第二防线云。

常熟陆无恙名元同今日宴友于酒家,约会俱赴,缘有同乡同学钱元龙自上海来,便约诸熟友也。同席董聿茂、徐心孚、何君、钱君及审计处诸人。五时半往,八时而归。敌氛深入,无补于国,而犹耽酒食,思之自恶。钱君谈上海近状颇多。

自温州至上海,海运来往亦无阻,道外海约二天而弱。据钱君云,进口在吴淞以上,日舰甚多,甚至强民渡小舟亦揭日旗,过此则各国舰有之。自新开河上陆,租界市面甚佳。惟北京路白渡桥以北不能通行,近报载亦开放。又房金、米价石十三四元亦不贵,不如外传之甚。惟国际纵无剧烈变化,而英日在沪租界局部冲突甚可能。即不然,沪与甬瓯交通皆随时可封锁,则甬人避居集沪者,亦必有一日感粮缺与消息隔断之苦痛也。昨宵梦中见五弟行叔,与谈家人情形,娓娓如生时所谈,似为六弟之老实与大意,及七弟对六弟之不协等等。乍醒时犹觉声音笑貌之在目前。人天永隔,归□无期,故国遭难,客魂应有深痛欤?

二月十三日　星期日　雨　下午阴　夕有朗月

今日上午拟一种最近本省民众教育馆图书馆宣传工作大纲,凡千余言,欲付油印,托人钞多不便,则自写之,盈二纸。阅今报,忽忽午矣。膳方毕,叔同自丽水回来,谈商运书事。托审计处代印之。致各大学及省立图书馆之通函送来,为膳正不清晰之字,并写信封四十余,明晨付邮。作复许雪昆信。作答大兄一长笺。晚阅《文山集》,十一时寝。

晚刻聿茂兄在博物馆寓邸宴诸友,有野鸽及奉化乡味,谈颇畅。席次自陆无恙元同、钱元龙、顾文渊、徐心孚尔信诸人外,有奉化吴晨山君,甚健谈,状奉化乡情甚悉。渠谓奉邑以读书明理者多外出任事,留本地者多忠愿怯懦,每为下流横恣者所侮弄。近有曾以附匪被通缉之莠民某,竟以游击自标榜,向县长胁枪,县长林德玺庸驽无能,竟任为壮丁总队长,支巨薪。甬为绅士在外者,多不干与本乡事,美风亦弊不胜言者。

报上消息似不佳,淮河战我已被迫离河而北退平汉线,敌亦进展，富、余无大变化，进展不易可见也。

据方岩所传来消息，我已向某方买到坦克车数百辆，即日运前线。又闻军事当局曾令省府改筑各色飞机场，令坚厚，缘苏联来飞机，飞势疾。据云赣重要机场已改掺水泥筑成云。大致苏借飞机确已到，惟架数则传说多过其实，并衢州防空总站亦不肯示告人云。

四明七邑，似以鄞、慈、定为富庶矣，然习商①挥霍，且据巨资者，每投机盈负无定，惟家给人足、财产稳固者，转推象山云。奉化虽不无新富，据云乡人贫苦不少。

奉之西凤、洞蕉，民性强悍而尚义，某君曾以观剧而其戚未约膳，村人詈其无礼，因而刀伤其人云。大抵在定海诸岛为海盗者，多此带人。前年"超武"舰水军人被儿童斗杀，亦此地也。

二兄二月无来信矣，正以为念，将另去信，晚得电云："建德二信均收，事冗未复，兄安，寓武昌胭脂坪九号，盼续信告我近状"云，其事繁意乱可知也。

_____

① 整理者按，原文如此。商当为尚之笔误。

二月十四日　　星期一　　阴历元宵　　晴　旁晚阴　晚又雨

竟日待絜非、待文莱、待慕骞、待安德,皆未至。絜非七日动身,殆以浙赣路车阻在途;文莱云昨动身,今未到,当以交通处无大书车;慕骞余函召而未至。安德在乡,欲出来谋生,余允之矣,而亦未来:皆使人失望也。至旁晚,柳永缙始自金来,赍来文莱信,谓公路局车甚少,书车未能得到,明日未可定也。

待家书,又多日未到,莹之畏于笔墨,令人闷损。

晨为复二兄一电赴电报局电意告以余与大兄皆好,及余将入赣任课事。又作致晓峰兄一信。豪楚信来,谓家居闷损,建厅既相需,而至今无复,托转询。即复信促出来再说。君勤自江山来,今日以农民银行车转甬赴沪,以人多欲附车返里一行,仍不果。下午赴农行与曹君功济一谈。

比来夜梦常多,频醒不畅昨梦大舅父不讳,舅康强甚,必寿考,殊可异(按,舅父后于廿八年冬去世,卅二年记),而日来又齿痛虽以去年吴君治牙不良,一部又蛀蚀,要或内热之反映。颇念去冬未服补剂,体弱良受亏。今以王馆长之介绍,往梁枫桥巷徐菊仙医士处诊方。

始阅浙大学生历史习题卷，以他事间断，仅阅二本。

报载江淮间我克湾沚，淮南收复凤阳，鲁境收复。战线略有转机，前言之牺牲必大。闻中央于衢州视为一空防重地，近令扩建飞机场，视原场四周加三十米突。又闻地方政府有令衢民退出离城六十里地，故城中市面全停衢县曹功济告我，君勤过衢，见壮丁在场工作。惟衢自数受空袭，近有高射炮，据云十二尊，或不及此数也。

川省将领受曾琦先生辈国家主义派影响颇深闻中下级将领服膺者二百余人，此次颇有参与前方捐躯者。中央干部，如二陈先生近对此辈亦殊谅解其无野心。闻在闽省陈公侠①部下卫士，倾向青年党者亦不少。

海外华侨爱国出之真忱，闻对外作战，捐输踊跃，萧吉珊在南洋募救国公债，募得五千万之多。

传闻共产党人于今日政治上凭藉权位以致富存贮者调查甚详，谣言谓周恩来尝以名单呈蒋公，其中孔、宋尚为第

---

① 整理者按，即陈仪，字公洽，号公侠，时为福建省主席。

三、四位，孙哲生、何敬之竟驾之，可奇也！此亦姑妄书之。

今晚六时顾文渊余邻寓君在寓宴友，同席徐心孚、胡鸣龙、陆无恙、董聿茂及史、柳二同事，饭后坐谈甚畅，胡君、陆君皆健谈。陆君痛骂陕甘人，责备行政上高级官吏尤激越，谈战事皆以铜山前线引为忧危也。十一时一刻客始散。寝已将夜午。

二月十五日　星期二　阴　雨

赴方岩省政府教育厅治公事。作文莱信、黄君信、家信二笺。

文澜阁本《四库全书》以上月杪离建迁龙泉，现将藏事尚有四十箱在丽、龙水运中，百九十箱已达。而教育部忽于此时主张迁至黔省，已三电省府，一面并电令浙大协助。黄季宽主席坚主不运(故上月杪赴省府时虽闻之，亦不复表示意见)，今闻教部仍持前议，乃往探究竟办法早欲往而以天雨稽延。上午不及客车，下午二时往。先在教厅与林秘书、郑管秋一谈，四时赴省政府探询秘书长李君益民，谓开谈话会，不屑在会客室

128

坐待阍人,即去之,谓明日来。在途次遇姜卿云及郑烈荪先生。郑先生长高等法院将十年,尚坦质无官气,与谈杭州藏家图书文物不及迁出情形。并晤许蟠云。旋见胡健中来,为明日开会。以洽事未竣,留宿方岩。

据林秘书谈,二月一日省府会议议及《四库》书迁运费事,因适在教部来电主运黔之后,黄主席颇起反感。讨论之初,即述及部电,谓土地人民危险,何靳靳于一书,似可索性不动。当时郑烈荪院长与许蟠云、程先生皆发言,称此书之重要与存本之鲜。李立民秘书长则力陈迁出建德搬至龙泉为本省应有之责任,事属已办,应照拨费林先生代表许厅长出席,有所说明。惟王先强厅长[①]竟默不作声此公为黄季宽之亲信者,而希意承旨如此,可叹。后以言者多,主席即倖倖谓即作通过云云。黄氏为桂省名军人,曾主浙政,而竟识浅度仄至此闻烈荪先生告我,渠在席上耳语,询究为如何一书,是否档案之属。真可笑。不能书犹可说,妄自用则不足言从政矣。渠对李立民谈,有"《四库全书》即与浙江共存亡"语,虽保省治军本色,然语实粗鄙不伦矣。

---

① 整理者按,王先强时任浙江省民政厅长。

杭州藏家自浙西失利至先后退避,其间能运出所藏图书文物者甚少。闻龙游余越园先生所藏书画图籍,■(八?)月以前自■(?)出一船,其余托曹君功济代运,仅及一部分方志最多,及一部分佳画反未运出。绍兴马一浮先生藏书不少,闻其友助其临时鬻字得五百金,为运资,将书装船悉运桐庐。马先生现至开化,住其友衢州叶渭清佐文家。留桐书不再迁上江,犹虞受损也。高欣木先生野侯昆季钱塘世家,藏珍累累,闻近避居寿昌,藏物皆未迁。往岁寿苏会苏东坡以阴历十二月十八日生日,杭有东皋雅集,岁设宴叙,赋诗作画为纪念。席上获睹手卷、册页,美不胜收。东人好称述坡翁,果不迁,必为选[①]劫无疑矣。邵裴子先生嗜书成癖,晚景艰窘,佐政数月而去,无以供生事,率家人避地富阳之场口钱均夫先生亦避其地,今已他去。富境江以北剧战,场口已陷,邵先生未去也,其藏书尤恐无力作迁出计。顾昇梅先生以藏墨渠与陈伯衡皆以藏金石拓片知名若干箱托存浙馆,意谓不能自迁,斯亦嫁女聊自安之意。其后吾人运书而不及此,亦毁失可虞。此外如邹景叔之古物与其他藏家,皆

① 整理者按,此字似应为遭,但字形似选。

未有闻。林风眠有宋瓷，日领松村以五百金请让而不许，今概陈于新庐未动，松村可予取予求矣！闻松村在杭，附会风雅，与名流藏家游，悉记其珍品，今与军人俱来，即列表按图索骥，佳物无复倖存。又闻沪来人言，敌在江南大邑，初时秩序甚劣，劫夺无度，继则稍戢，而独蒐索书画古物不厌，存心如此，书厄之浩大可想。太湖区域浙西一带，为吾东南文物精英所聚，此次师败太速，当局不遑恤，私人无力，有力者亦逃命倥偬，如苏之潘氏、常之瞿氏一部分铁剑铜琴楼书为王绶珊得，在海上，大抵必皆陷敌被夺，文物之劫纵非历代首屈，实近百年内乱外战中所未有之烈也。东人尝自豪治中国学术之中心当在东京。旧都早陷，东南尽沦，图籍文物行见大宗东行而无如之何。忍■（?）此语竟将成事实，公私无绸缪之道，大可慨已！

胡鸣龙于役金坛，于失陷先一日偕友出走，自北上至南京，直至中华门郊始见国军。如此重地，防务疏忽至此，岂军事当局早知包围势成，江阴守亦无用，早定不预备作战之计耶？然镇江有天险，亦不战退却，太使有心人短气，为敌人长气焰矣。

131

二月十六日　星期三

在方岩。旁晚返抵永康。

今日上午为迁运库书报告，并探询省府意见，往五峰书院省秘书处访秘书长李立民先生。渠于运龙泉之经费已通过可往领见告外，述及教部三电主运黔事，则仍黄主席于此甚不谓然，近闻部电谓已令浙大派员来浙，省府决不负再迁责，且车辆亦无可拨。余知车辆正集中，实非无法，待部自来负责主运。李亦好意，前于运龙事颇帮忙，今表示坚决如此，盖佐理地位，不能不以黄意为意见也！辞出与望兄一谈。下午访李子翰先生于财政厅，领得省府通过《四库》经费之一部分汽车费以原案提及记账未领。

与林先生谈库书事，渠劝余将已抵龙邑之书运入山乡，以防意外而轻责任，又谈及余赴赣应浙大聘拟告假事，渠甚同情，谓不妨向厅长面陈之。

省党部今日开会，闻最近浙境内左翼分子之活动甚为注意，正筹商对策。健中以抗日自卫会文化部委员之立场，正在起草一种计划。比来人心浮动,青年震于八路军之战绩与共产党方面之动人理论,颇颇倾向。省党部欲发动反潮流,而实力似不及。此种统一合作之后不久之矛盾与磨擦,日渐显著,武汉方面出版界尤闹得剧烈,浙省亦已见其端倪,可叹何极。

沈天白云:浙境兵力主要者有刘建绪部六师四混成旅,及罗卓英十师,则至少正规军为二十万左右;但据省府某君告我,罗部过境已开津浦线,而刘部多新经补充之新兵,闻炮声即慌张,上级将领又不勇于赴战,浙境敌力虽单,反攻进展之难如此,可慨亦可忧也。

程一帆遂昌人谈龙泉、云和、遂昌新更县长,开放民众运动,伍厅长介绍青年前往工作者甚多。彼等常举行座谈,县长亦列席,共资讨论,地方稳健绅士皆持怀疑态度,其后效未易知也。

有海盐周洋松者,办党务而貌如商人,往来上海。昨在方岩听彼谈上海自谢虎丞等自杭来,在张啸林宅开会,周凤歧已以谢力劝谓报上已盛传其罪,不去亦已蒙奸人名,于废历元旦至杭,此后杭市傀儡殆以周为中心矣。

省府陈南章秘书见告，军委会确有令省府将省内主要机场扩充，又闻有某种兵车二百辆自西北来，满装军火，自新、甘经四十天到前线；又谓西南方面军火来源，除粤海外，安南亦为要口。其侄向在军委会军需部分秘密工作，前在■（唐?）山各地，今在海防云。

与望兄谈教育厅情形，为之慨然。许厅长自青训团成立后，专力于彼，厅务尽废置不问。林先生谨慎，不为越权，惟应付公牍之不暇，更无推动指导之事。近以民教馆朱馆长辞职，单建周、陈博文辞青训团工作，徐旭东拒不应青训秘书之聘，许颇为懊恼，见人常发脾气，无端疾言厉色，洪君芷垞主青训事务方面事，筹备中颇为得力，而以逾期收一团员，即斥其"专断"，如此率性躁急，如何掌省教，为青年表率耶？

五时返至永康，见李君絜非在。渠受浙大校长命，于九号动身经建德至兰溪（先来一信）为学校办公事，今日到永。盖《四库》运书事，教部意运黔，电令浙大协助，竺师以渠与我等熟悉，属彼来此也。絜非皖人，在中央大学史学系，时曾从余受课，热烈有胆识，近在浙大主编辑，此次迁校为大局保全计，襄主运输事颇有功。

据絜非言，柳师翼谋先生于江南战局逼紧时，呈请教厅拨款迁书，未得允可，及南京城危，不能不仓皇出走，欲运已无车，盍山书藏之精英，遂尽沦于战区，其必为敌之搜劫文物者劫运无疑！丽宋之藏，世方以捆载东瀛为惜，不谓八千卷楼之精华，幸保于江南者，亦仅三十余年，陆存斋有知，应笑端午桥为劳而■（？）功矣！虽然，是谁之过欤？掌教者方逐逐于杂务，其属又斤斤于手续，苏、浙同然，则浙馆犹得以运出善本与其他书数万册为差可自慰，幸矣！

袁守和主北平图书馆迁书至沪，仅及精刊本，文津卒陷于敌，是否能久保于旧都，不可知矣。故宫之文渊阁本库书，在沪为影印之后，闻运京，不知迁出与否。此次教部之特别重视文澜本，盖鉴于盍山及江南公家藏书之覆车，要亦以《四库》存本日稀之故也。

今晚徐心孚兄邀宴，絜非与夏先生等同往。席间陆元同谈常熟之情状甚多而趣，盖吴会附近享受太奢，今次浩劫，佛家或以劫数为■（劝？）矣。

二月十七日　星期四　晴　赴丽水。

昨日旁晚富阳夏朴山偕其叔芝生先生来,为富阳难民请求救济事,今日赴方岩谒民政厅长商恳。朴山在馆襄编撰事,与慕骞甚相得,悃愊无华,木讷近仁,方以里山逼近战区,不知其迁出否为念,顷相见知仍留里山家中,常闻炮声,习焉不惊。富春江天险有沙滩,国军守之,故江南乡民多犹不舍庐墓焉。闻邵裴子先生亦在富,与朴山居相近,生事甚艰,无以为迁居计,可念也。

今日偕絜非赴丽水,拟访晤教厅长许君绍棣,缘《四库》再迁事,省、部电讯交驰,仅余副知教厅,而许君在丽水,殆未详悉,又念立夫先生与许有旧,或易接近,故絜非意拟先晤许也。九时以浙大之卡车往,十一时半达丽水,浙大高工主任胡鸣时等俱去。余等先至许寓探问,谓原系每日往碧湖,晚归丽城,近以水大,已携行李往,午膳后开车试行,水大不得渡瓯江。

余以馆事及私谊,以旬日前函召张慕骞来永,慕骞得信迟,十五日自瑞动身,道阻以今日抵丽,在汽车站相值甚欢。

絜非、慕骞,固中大旧友也。三时余等既不能即赴碧湖,遂相偕作郊外之游。城北三里有三岩寺,山景清幽,偕往。寺亦平常,后垣外窗隙见竹影,引人入出,自有天地,悬瀑淙淙,潴为一池,此景甚幽,暂息烽火矣!时宴即归。

余约慕骞来,原为谈商余告假应浙大聘事。今来,闻教部主远迁文澜《四库》书事甚关切,而期其成事。晚在酒家膳,后复谈余事。慕骞为余兴趣着想,初不阻余行,然推其拳拳于馆之心,则深以异日共图兴复为期。并以为宜俟教部于库书定态度后方行,庶不引起误会。谈至九时余,余与絜非及浙大友人四人,同住永发旅社,寝已十一时。

二月十八日　星期五　晴　自丽水至碧湖

浙省政府为训练青年适应战时需要,以为战时政军服务,组设战时青年训练团。又为训练曾任佐治人员兼隐寓救济作用,别设政治工作人员训练团。黄主席自居团长名,而由许厅长副团长名义实负主持之责,筹备经月,在一月下旬先后入伍。先假处州中学,至月杪迁往丽邑大镇之碧湖。青训团团员已到二千人,政训团约四百人,皆受军事式之约束。许厅长于此事极感兴趣,于青训团尤甚。经常在碧湖办公,青训团秘书徐旭东不到由傅荣恩担任,政训团由张彭年任秘书,叶木青主教务股,沈松林主训练股,洪芷垞主事务。以事属草创,教厅承命筹办此事者亦多乏此类经验,故成立将一月,教官未齐,学科方面除短时讲演外,尚少开始训练云。

商文澜库书运黔事。

余与絜非既知许厅长常住碧湖,今日偕胡鸣时、张侠二君同以大车赴碧湖,以渡江有兵车争渡,故至旁午始到达。值老友祝问秋体育场场长,因场停办,亦改任团事,陪导至其办公室。适届午膳,时侍者送青菜、豆腐各一瓯来,许即外室邀我等立而共膳。余夙嗜青菜,本不以不肉食为异,惟有客立食亦似觉矫情耳。饭后叩许以团中近状后,即谈《四库》书教部主再迁黔省事。渠意殊不为然,发言甚多,大抵误此种保全文物为同样具有"逃难苟安"之意味也(惟谓如部中负全责来运,则亦不阻。意谓省不再出费也)。絜非原以部令浙大协助而来,即亦不作主张,惟以教部电交阅,及表示以此报告学校复命耳。午后三时以原车归丽水,以时晏不复回永康,与慕容步街上买龙泉剑归。

本馆丽水流通部为十二月杪建德工作结束后仅存之事业，于上月杪迁书二千册至碧湖，由许雪昆君布置成立，意以供青训团、政训团团员诵览之需。今日午后访张彭年一谈，派一号兵导我至一破庙，即流通部所在。雪昆颇能耐苦，谓借书人多不敷应付云。余以薪金面交，俾寄嘉善战区渠家，并告以俟文莱到，再图改进焉。

抗战以来大学多迁西部惟上海各大学以租界之畸形关系，自去秋战事告一段落后，今春多有在上海原校或觅新址开学者，时论或非议之，然固未一概而论也！许君询絜非以浙大现时地址后，即谓"我甚不赞成大学之迁移，尤其各学社会科者，正可在此时在本乡任调查宣导之工作"云云。其实救国之道标本多端，以军法训练青年，学者专家不能非，则转安全地，在研究室显微镜下做工作，事功人物亦未可轻视也。大抵年少气盛与记欲强者，虽热心努力有可取，然往往识短量狭。某君既以自居一省教育之首领地位，方以不能统制一大学为快快，因此一提某大学，即有一百个"非"字，曷自度其力果真能领导一省教育否耶！

青年训练团、政治人员训练团人员逾二千人，省当局之期望、社会之付托,不可谓不重矣。然领导与教练人才殊难言之。现有一位应占先君任政治训练事,闻彭年言将在湖南请教官,然亦无任何计划许君曾谓本省教育界能者、有志自效者,在此时势应自来,岂容人召耶? 其言似通非通。吾人亦不能讳言社会成见,误以上课为训练,与团员一部分之意志薄弱,然当局之躁急无远识,谋之不臧,亦不能辞其过闻旭东辞秘书之聘,由友言以为无办法故不来,非苟免也。又闻青年之中途逃亡者有之,当局以为不肯耐苦,意志不坚,其实不足满其知识欲,亦要因。主其事者方以形式与数量自夸耀谓二期当拟收四千人,不知人文学科不得人才即不能励青年之志气,其前途纠纷有不可逆料者也。

晚与慕骞谈馆事与个人计划,慕骞不阻余赣行,惟期期望库书之得西迁为得云。同宿莲城旅社。

二月十九日 星期六 自丽水回抵永康,下午赴方岩,向晚归。

偕絜非、慕骞搭浙大大车别丽水,十一时许抵永康。午宴浙大来诸君,及夏芝生朴山于酒家。下午一时余仍以大车偕絜非与胡鸣时赴方岩,为部主运书事,赴省府探询意见也。先在教育厅与黎叔先生接洽,临行见省府之教部第四电,略谓"《四库》书事已令浙大派员来助,兹据浙大电陈已派员来浙,请贵府协助,并将起运期电复"云云。省府办稿者以黄主席意已坚决,仅批"录副存卷,原件送教厅阅洽存查"云云,其不负责之态度显然可见。黎叔先生尝谓此事本无问题,今竟如许转折,意以省府迳办而不付教厅为非也。二时半偕絜非同赴省府,会李秘书长,因公他往,未能晤到,转赴财厅,与子翰先生洽事。五时归永康城,絜非拟明日再往也。

晚作一信。魏安德昨日得余信后来,寄来姪弟信,渠将随我入赣。陆元同来谈机关通弊。十二时寝。

得信多笺,多馆友寄来。又恒丰伍君来信谓谷价至五元三角,来路甚少,本乡民食可忧也。

浙境前方情形,各方传闻不一。大抵自富阳东至萧山江边,仍以刘建绪军力为多,而新补充者类少经验。桂军在浙已大减,最近反攻仍稀效力。闻周凤歧等杂军怂敌渡江,以度实现其省长之梦,果使津浦敌军久挫或转向浙东取攻势,而正规军之配备如此，仅恃游击以困之，特益伤元气矣。

闻嘉兴沈明才谈，敌有苏州治安维持总会，会长为郭剑石，嘉人也。浙西民风故薄，固有认贼作父者。然浙东汉奸蠢动，得意者亦大有人也。

二月二十日　星期　雨　在永康　访晤"吕将军"

慕骞与朴山下午同赴里山取自己书。作信致管秋，致黎叔先生，报七弟，致魏君。聿茂来谈博物馆事。

为运书事发致教部吴俊升兄一电，自为译寄。归途访絜非于旅社，谈浙大近事。访王式园一谈，又偕絜非访吕戴之先生。晚应中大胡生鸣龙隆君宴约，同席仍为心乎、元同、文渊、聿茂诸君。絜非与彭君本同学，亦被邀同与。在胡君为尽地主之谊，然吾辈在患难中而常有酒筵，席散静思，不免内疚也。

二十年前，余方在中学就业，闻本省督军兼省长为吕公望，不知其永康人也。吕字戴之，永人，以其夙著声师旅，又热心地方公益，故永人无贤愚，皆称吕将军。上月吕侄神斧君来访，托致拳拳，又数为式园言请介绍，今日式园畀我一刺为介，絜非亦有入境访耆老者意，俱往。至■（？）枫桥巷大宅，堂悬旧联_{其写人八十生日时用}，稍待，值东阳赵伯苏亦在内，亟速主人出。吕年六十，而清健如五十许人，相见极谦和，闻吾等来将二月，谓曷不早告。余等盛称此间自卫军多将军导率功，又称永俗之朴厚。吕言此间之练自卫队二十余队，匪首就范收编者四十余首领_{一部分就地收编，第三四流较驯者送宣处}长，故间里无警云。吕极谦谨，喜接近青年，以尚有客，即告别。临别拍余肩，如甚稔，属常来谈谈。虽属不庄，亦自亲切有味也。

王式园盱衡今省府人物，又论省府通过设纺织厂购手车救济难民之困难问题，言颇有见。聿茂谈西北情形及动物性质，颇有味。马步芳前治兵青海，值聿茂随军委会西北实业考察团同往，因谈话不通，及阅兵相召未往，认为"瞧不起"他，于其行派勇士相需，几遇险。马治兵有名，但粗率。马然则自认为黄帝裔，惟宗回教，与汉人易接近，此种心理甚宜宣导，俾成境内回民之共信也。

143

以下补记。　　　**二月二十一日　星期一**

　　〔自廿一日至月杪,日记原册页尽,只记作息要端于别纸,至十四年后之冬日,在杭检视旧记,小纸犹附册中,为草草补写于此,亦聊存往事之鸿爪而已。〕

　　今日上午作竺师一信。至汽车站送浙大友人之行。陆元同谈近事。与史君商定馆中同人薪。下午作吴俊升教部高教司长学友信,为《四库全书》宜由部费主迁及浙省府颟顸情形。又以一信致道藩先生,张方为教部次长也。

二月廿二日　星期二　晨步出,方大雾也。

　　今日一天作信甚多。馆务大事记所以存他年史实者,今日改正交誊入之。致絜非、文莱、魏君;致金志父、胡君、董君;又函复唐继笙、张强邻、赵仲苏。又为家乡事致函烶四弟、伍象三(经手事)、启林兄、涯民兄(托鸡山校事)。

　　韩培实海宁人,浙馆已疏散之文牍员也,今来访,闻已谋得事云。编造报销账。

二月二十三日

为丽水书，文莱下午随史叔同去丽，文莱今方回来，七弟亦同来。七弟谈别后流迁在金华政工方面工作情形。

作二兄一信，告个人流迁与保书之情形，以库书运黔经费事致道藩先生信请转去。

作大兄信寄慈溪家中，商接眷西征之计。附去仲回侄一信及莹信，告近况，并定应浙大聘与偕眷入赣之计。访医治胃气，四时归。与慕骞散步，谈商馆事前途。

二十四日　星四①

今以不少时间补二月中旬之日记，及馆务大事记。

---

① 整理者按，"星四"，当为"星期四"，日记原文如此，照录。

发电报，复永缙信。为公事访永邑白县长。便访王式园。阅《大公报》。得二兄自汉来信，略知其从幕生活之艰辛。得明锡信、五姐信。晚忽大风。与张谈中大学风与治学工夫。

二月二十五日　星期五

省府设抗日自卫委会，黄动好训话，缕缕空无所补，设施矛盾甚多，本省政治多危机也。

慕骞既来永康，欲访问邑故老，遂偕渠访王毅人馆长，访卢士希。下午又访问修志委员会，询其工作人员以采访保存之情形。

作信多笺：复无止，复胡■（哲?）庵，复明锡；致凌纯声，致雪昆，致望尧，致六弟。与慕骞谈久。卢氏书斋称小抱经堂，有孚川先生之字，见其先人文存。程士毅君谈永邑修志情形，知金属八邑，现有浦江、义乌、武义、永康四邑在修志中。

二十六日　星期六

董聿茂兄来，商图书馆与博物馆之公事。作信，致晓峰、鲁珍、沧师。作六弟信。七弟返金华。下午与陆元同及慕骞散步西津桥畔。三时后补上中旬日记。晚读文文山集。十时寝。

二月二十七日　星期日

早起。天午明即偕慕骞与魏生安德同出，至西津桥畔，迎出日。遇摄影师，遂为在桥畔三人留一影。他年俱返湖上，此影亦流离琐尾一纪念也。访曹君功济，十时归。文渊来谈。下午假寐。三时史君文莱来，商定定西文期刊事。得石信，张信，周信。作信多笺：致袁守和于长沙，致林黎叔、望兄。史、王说及所闻于在金军人口中之战局。晚写金海观、伍远飚、许麈父。十二时寝。

二月二十八日　星期一

决定返慈溪家乡一行，携眷入赣，应浙大专任教授之聘（案，约在三月三日到家，十日离家来永。补记）

晨起甚早，系附银行便车。过东阳、嵊县、新昌，至新昌宿。新昌有大佛寺，正殿释迦佛，高号称十△丈，在建筑史与迦蓝中俱有名。同行者蒋君宏绪约往同游，动身时已向晚矣，步入一观，天色将冥，匆匆便归，止宿逆旅。

《运书日记》前事补叙*

　　本文乃浙江大学徐永明教授将陈训慈生前捐赠给浙江图书馆之《陈训慈日记》中关于搬运《四库全书》内容的整理辑录，记述自 1937 年 8 月初至 1938 年 12 月底间，即《运书日记》记载之前的运书事宜，故收入本书。为避战火，时任浙江图书馆馆长的陈训慈将文澜阁《四库全书》及浙江图书馆馆藏善本书运至富阳暂存，但三个月后，战局突变，亟需将《四库》及善本南迁，然战事日紧，军运日繁，资金日蹙，陈训慈为运书事不得不多方周旋。

---

　*　本文原题为《〈陈训慈日记〉中有关文澜阁〈四库全书〉抗战迁徙事摘录》，发表于中国台湾《文哲研究通讯》，第十卷，第一期，原稿署名为陈训慈撰，徐永明整理。

按：天下七阁之四库，今存世者四：曰文渊、曰文溯、曰文津、曰文澜。四阁中尤以文澜书之经历最为艰辛，其功臣之护书事迹最为动人可感。抗战时，文澜阁书避寇远徙，地经五省，时历八载，最终得以安然返杭。文澜阁书远徙事，原浙江图书馆职员毛春翔先生曾撰《文澜阁〈四库全书〉战时播迁纪略》一文，已详载其始末。其文最后云："此次倭寇入侵，烧杀焚掠，远酷于洪杨，阁书颠沛流离，奔徙数千里，其艰危亦远甚于往昔，八载深锢边陲，卒复完璧归杭，是谁之力与？曰陈叔谅先生之力居多。凡人事安排，经费请领，防潮设备之改善，员工生活之维持，以及其他有关阁书之安全者，皆赖先生主持维护其间，前丁后陈，并垂不朽。"叔谅先生者，即浙江图书馆史上之杰出馆长陈训慈先生也。陈先生生前曾捐其任职浙江图书馆馆长时所记日记三册于浙馆，内多提及其操劳致力文澜阁书迁徙事，可谓毛春翔先生评介之最好注脚，诚亦文澜阁书史之珍贵史料。今本人征得陈训慈先生儿子陈思佛先生同意，将其父亲日记中有关文澜阁战时迁徙事整理发表，以供世之研究文澜阁四库全书流传历史之需。

一九三七年九月八日　星期三

今日未赴馆，馆友叔同来谈印行所报销及馆事。文莱来商谈阅览进行各事，对于月前运《四库全书》至富阳后，与叔同颇有意见，致解劝而去。

一九三七年九月十三日　星期一

上午写信数笺。赴总馆治事，甫来一客（陈伯平）。又偕赴浙大访陈柏青。忽警报声作，继有机声越上空过。自九时半至十时半，始解除。事后探听，则敌机侦察城站一带，未掷弹。迫儿在横河，亦接来同避于馆前树林下。

改稿少许。下午三时后在孤上阅公文及函件，与慕骞谈商馆事，历一小时余。

善本及《四库全书》已迁富阳，由毛春翔君管理。今得一信，报告近状，谓地处群山围绕中，旧屋不显，可望不致遭损。

一九三七年九月二十三日　星期四

毛君春翔，热血士也，江山人。（……）孜孜目录之学，自矢以此靖献学人，不谈政治矣。馆友以迂士目之，固不知其六七年前乃一登坛雄辩倾向革命之士也。此次《四库》迁富阳，以君掌孤山善本及库书之职，请其随书俱往，曾来函谓公余仍校勘簿录（……）。

一九三七年十月二十五日　星期一

毛君乘云为本馆管理富阳寄藏之《四库全书》及他善本，自八月初往，今将三月矣。八月杪曾来杭，未晤，今特来杭述职。访谈中，知所住渔山镇赵姓屋，在山丛中，颇宽敞僻静。主人赵坤珊相遇亦厚，不收凭值。毛君一月来曝理善本已峻事，公余治目录之学，将编次新收善本。馆中拟调装订员一人随往。

一九三七年十一月二十三日　星期二

今日在富阳半天，以下午三时许改借浙大小汽车来建德，七时到达。八弟偕来，到建天黑。途遇周天初，同用膳，宿三元坊。

在富阳为已运来之书觅船，拟仍装至渔山庋藏《四库》、善本之赵家。但军运频繁，纪律荡然，雇船至不易得。仍偕絜非同赴县党部。访李君。又赴县府访王懋勤。县长谓适赴杭，秘书代见。闻属员言公安局长为军运困难，刺激太深，神经错乱成癫。新局长今接事，见余等谓无法代觅船，当徐图之，亦不能固请也。以船旅所盖章得一民人为导，絜非、闻兴随往，雇得三船。以二船与浙大，一船拟装馆书赴渔山也。以公路局车未到，稍缓未开，派工人赍信至渔山召毛春翔兄。过午未至，后乃闻人言，毛君以赵姓不允久置书，已运库书南运矣。以此事托闻兴。

在富阳站民家，坐见一老者俞某谈富阳城乡情形，谓城民多迁乡，乡间亦皇皇。军队过境颇多，已掘长壕，似将退杭守富也（……）。

文莱自兰溪来为《四库》运出发生困事，缘本馆前于八月间将库书善本送至渔山赵坤良君家寄藏，系馆友富阳夏朴山君介绍。今时局激变，赵不肯庋藏，存怀璧其罪之戒也。叔同前过渔山，曾允赵姓装出，赵姓为代雇船而运出之。惟方船至桐庐仍不能上，毛春翔兄乃来建访余。适余赴杭，文莱乃接电告而来助者。以午刻到晚来访余，谈知别后事，留彼在林场浙大宿舍同住。

一九三七年十一月二十四日　星期三

毛春翔君来建，访余不值，又赴桐庐。今日再来，方知库书、善本235箱已装之大船，留桐庐不能上水。赵姓主人某在舟中，亟欲得车，将书运建再说。毛君来建后，曾见县长、公安局长，又由杭州庞菊甫君相助，谓有小船十条，但寻知皆方端，无可用，因此非借汽车不可。环顾似唯有浙大之卡车可借，乃同至浙大访鲁珍兄，谒竺师，及访机师张君，多方恳说,获其同意,明日可以车运一次。

一九三七年十一月二十五日　星期四

晨起,即与文莱、毛乘云同至浙大办事处,访絜非,商给桐庐运书事。浙大有物在富阳,大车先赴富阳。文莱、乘云同去,则在桐庐下车。自船装书,大车旁午经桐,二人以船上书箱运上,因太重,仅装二十六箱,于下午三时到。书运汽车站,觅人往管理,晚六时,偕文莱等觅张侠君及絜非,为之洗尘。稍致谢意,兼申续运之请也。

以电话致兰溪女埠,以叔同为公赴金华,慕骞来接话,略告以余赴杭之经建、兼告以为运书需人为助,请派二人来。

一九三七年十一月二十六日　星期五

为运库书来建事,赴浙大办事处,知任司机之助理张君,今日为赴富阳修小车，已转富阳赴杭，须待之明日再商矣（……）。

访江起鲸县长，为商询汽车事。江奉化人，温和长者（……）。

与民教馆长施君商办存书事，拟将书暂存绪塘。绪塘去建城之西廿五里，该馆分馆所在，施君已为介绍于某姓屋可庋藏（……）。

下午一时与文莱暂别，乘胡君车赴金华兰溪，运书事以托文莱料理。

一九三七年十一月二十七日　星期六

自建德赴杭一行，久欲来兰溪，会馆友商方针，为运书事又稽，今来兼为有事向教厅接洽，故运来金华。教育厅事前觅定东乡王滩村为厅址，离城凡八里。今晨八时得一人力车雇往，到后，先后向许厅长、金秘书、许科长、张科长报告馆事，并为《四库》至桐庐待运请借厅车二天，得其同意，俟得文莱消息再往也。

一九三七年十一月二十八日　星期日

　　五时开会，余对同事所谈主旨，约如下：（一）报告个人
到建及自往杭运书半月来情形，并慰勉同人长途旅程及到后
状况。（二）自忏此次迁馆事，先之太无预筹计划，尤其重大
之两种错误：一为图书仅迁善本而未同时策其他有用好书
之迁移。最近虽运出方志等，犹属杯水车薪，续运不易；二为
自九月份犹存守常之旨，以应事业抱姑息之爱，主不裁员，以
致馆用庞大，毫无余蓄，念卒无以运书，此时捉襟见肘。
（三）公布教厅对本馆重在课管，不在经常设施之宗旨，与省
财政毫无把握不能多留职员之理由。将留职停薪与留馆工
作人员发表，并决定以建德为馆址，规设一流通部，另在兰溪
设一流通部，杭州留二员司课管之责。（四）追述前次迁馆
时同人之重私而轻公，于多数不过问公物之情形，痛心言之，
并谓以后如不能回复往日之规模，则此次与部分同事或已为前

157

后之谈话,即以尚公负责为同人致临岐之忠告。谈话历一小时,同人亦相对黯然,其中自不乏感念前后怅惜离别之情绪也。

一九三七年十一月二十九日　星期一

在兰溪女埠。(……)及晚,天游执本籍地主之谊,设宴邀同人八人同膳。酒酣,金君瞪目斥暴日,而悲叹本馆之遇艰阻,告余谓:"余必与图书馆相终始,馆之事业即余之生命"言毕,涕泫然不可抑。其公忠至诚,盖同人中罕俦也。余亦为泫然而叹,匆匆归所赁馆舍,即搬内账桌,剪烛话馆事。叔同、望尧、慕骞、天游、雪昆皆同坐,论日军进兵方针,商讨继续运书工作(……)。

一九三七年十二月一日　星期三

自兰溪赴金华,下午仍回兰溪,附夜帆船赴建德。

　　民教分校有校用小汽车，陈校长昨自女埠来兰溪，寓营业税局。余与董馆长往访，以八时半同赴金华东郊，步行二里许之三滩教育厅办事处。许厅长适进城，余以《四库》、善本已借浙大车自桐运建，不需厅车。告许科长而以建德为上江用兵冲衢，究非安全，宜设法运赣湘一带，与张彭年科长、林秘书商量。张殊同情，林以为渔山赵姓既受藏于先，不宜中却为言。又与望兄一谈，询安永方针。彼谓返乡亦不好，希望仍随余工作。同行进城至八婺女中教厅社会办事处。陈先行，余与聿茂在小店吃面，至厅已一时。厅长至二时方来，又与辅助病院院长徐静波长谈，故余与聿茂向彼陈述公务，为时已迟，匆遽亦不能尽其辞也。余言《四库》七阁，洪杨后已反其四。自东北沦陷，传日人运文溯书之东京。于是浙之文澜已与文渊、文津鼎足而三。北平图书馆为时局故曾以善本运沪，文津书仍在平，今亦陷敌，保持可虑。而文渊书为影印底本存沪某图书馆，不知曾否运京，如未果，则租界政权岌岌可危，此书亦可捆载而东，是文澜什八补抄，殆成此前代结集之大丛书之仅存硕果矣！建德非安全，从地理军事形势可知，如以政府之力经浙赣路车运赣湘，则于持久抗战中为

较安全。但许先生于此似不甚动听，以为途中多有危险（如
误传军火，易遭空袭），不如存藏建、金山乡之山洞云。又谓
赣湘亦非安全，策其全，宜入川，然此言似随便议论，非为文
物实际策其全者，余亦不欲毕其辞矣！且待返建去绪塘，察
看山乡情形再说。

一九三七年十二月二日　星期四

　　《四库全书》与善本前自富阳抵桐庐，觅船不得，赖浙大
卡车之助，分运三天已全抵绪塘，存建德民教馆绪塘分部东
首方丽斋先生家中。

一九三七年十二月七日　星期二

　　《四库全书》现运建，因民教厅施馆长介绍于西乡绪塘鹤
皋乡方乡长，方为介于其叔丽斋家中。今日特为往视，叠正

厅中。然绪塘太近公路，意殊不安，自宜更迁山乡。方君家中落，为人慎厚，言讷讷若不能出诸口者。并晤其乡长方锦崇，则该乡富绅也。

一九三七年十二月十日　　星期五

为《四库全书》暂放建德之绪塘，接公路太近，宜迁山乡，特往县府访江起鲸县长（……）渠以本地地理不熟，介余见教育科长包先生，谈商一适当地点，允为致函某乡长，容日往迹之。

又赴警局，请协助雇船。又为运书款绌，已向张晓峰借二百金，自垫二百金，今悉罄，无以应挑工工资，乃往访振公，仅借得六十金，应付颇不易。

一九三七年十二月十一日　　星期六

昨晚信覆富阳渔山赵坤良，谢课管库书三个月，又作信留交文莱、叔同，十一时寝。

一九三七年十二月十八日　星期六

赴绪塘，视杭州运来书，傍晚归建德。

绪塘在建德西乡（其乡称鹤皋乡），方氏聚族居者百余户。近亦置枪技习自卫，然地非甚峻，且在公路旁，故已掘壕。当局又筹组游击队，传张向华（发奎）在桐、建间，并已在此乡觅屋，设临时指挥办事处，自非安全。《四库》置此村方丽斋家，前觅山乡而未定，当商教厅迁山乡也。普通中西书运来者约三万册，顷亦暂置绪塘民教分馆中。今晨八时约文莱以公路车往视，九时到馆。时利民、闻兴整理西文书，书凌乱不堪，对景尤感增乱离之感。

午后，与乡长方锦崇先生，并偕文莱步行八里许至绪塘坞，山中风景甚美。山中人甚勤朴，田本瘠而农竹甚普及，山中作物生产尤多。方君导余等至其熟人杨姓之山舍，极整洁，有桐子甚多，洵方君方知制桐油之常识也。闻杨本一佃户,佣于方,方借以钱约二三十金,以此为农本。力佃俭用四五年而积资数千金,市此屋翻建,且置田矣。俭勤之可以兴业也。如是岂斗争而得耶!杨固无知,本允方君可以出赁置书,今乃诬为戚来,后以底情私告方,谓山农畏藏公物,如怀璧招罪而引敌也。闻山中人已传吾等运来书中有数箱置钞币,故尤引为畏惧。余等亦不相强,请方先生代为物色近村之山舍焉。

一九三七年十二月二十一日　星期二

自余来建德至此,已历一月又五天,而本馆自兰溪改至建德设办事处亦已二旬。为运书辗转,同人来往无定。复有已停职而来往者,致工作精神松弛,分工不密。今日上午九时,约集文莱、祖训、闻兴、次宏、培兰五人举行谈话会。余报告运书情形与经济状况,并于同事之工作与进修,谆谆规戒,旋复讨论分工办法,并决定谈《四库》、善本迁定,派闻兴、培兰前往管理。

一九三七年十二月二十四日　星期五

关于图书馆以及进行方针,三科预拟计划,大致省立各馆、场中,体育场、民教馆决办结束,而以博物馆与图书馆设备较多,主维持一部分事业及课管运出设备,仍定留四人至六人云云。省府已通过一月份后经费,发二成五(如图书馆原为每月五千三百元,九月份后为二六五二元,一月份当减至月一三〇〇元),教厅主各馆视此更减,但图书馆为杭四处课管与各分地存图书看守,至少须职员六七人,以此召告。教厅正办迁移,奉令先迁永康,许厅长言将来必迁丽水,能维持多久亦难说,则本馆决离建德,不如迁丽水。当明日返津,即办南迁事,而职员又不能不再度分散也。为《四库全书》事,建德县党部告教厅,谓绪塘不宜。张科长只谓"可迁迟些",与许厅长商谈,张谓"汉口、长沙现避难纷纷,可见今日实无安静土,浙南各地须防匪,不如即在建德较燥之山寄藏,不必更转输",余一时竟无以进也。

胶海遒署日记

(1936 年 7 月 16 日～1936 年 8 月 16 日)

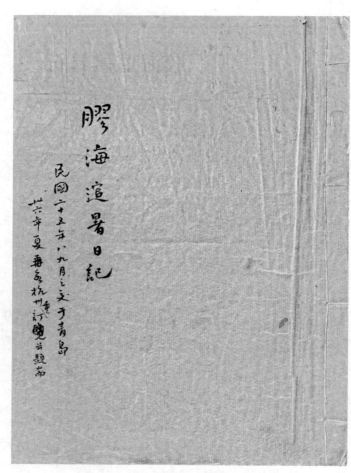

膠海逭暑日記

民國二十五年八九月之交于青島

卅六年夏重至杭州訂覽并題耑

《胶海逭暑日记》书影

1936 年 7 月 16 日,时任浙江图书馆馆长陈训慈北上青岛,出席中华图书馆协会年会并避暑胶海。《胶海逭暑日记》记录其此行前后一个月间的行程和日常生活,展现了他的交游、见闻和所思所悟,体现了一个文化人在战火硝烟中对待民族文化和国民教育的关切之心,和他个人在国务、公职、家事间的一系列态度和看法。

胶 海 日 记

二十五年七月十六日之八月九日

余自二十二年八月作故都之游,归途游曲阜,瞻孔林,登泰山迎朝日,而人事匆匆,济南过而未游,更未遑胶海寻胜。二十五年夏,以中华图书馆协会在青岛开会,遂得游青岛崂山诸胜,自以身心欠健,终岁于役,公私丛脞,此心常无清明气象,爰以馆务委诸同仁,小住休憩。复得袁道冲先生之介绍,得住湛山精舍青岛佛学会所在地。倓虚法师颇相优礼,而同住有宏伞法师,则杭州招贤寺住持也。相见导示修持之道,尤为殷渥。此半月余中,始则参与协会会议,尤多尘务,继乃静居山海,读经看书,海景潮声,荡涤胸襟。排日有记,存之以留他时之追怀云。训慈记。①

---

① 编者按,本页内容为作者自撰日记题记,装订于日记第一页。题"胶海日记",与日记封面"胶海逭暑日记"有别,整理者照录。

二十五年　七月十六日　别杭垣晚过上海不停

　　六月中旬得中华图书馆协会公信，以本会第三届年会在青岛举行。余以调查全国省立图书馆之余，知浙馆实为全国二十余省馆中规模最恢者。是会参加之图书馆甚多，本馆似不能不出席。后与豪楚谈，渠亦有北游意，嘱其代表本馆，余则以个人会员参加，以事因循，始以六号去函登记，开幕在十九日，宜先到一天以备注册，故定今日动身。会八日以车覆受创后逐日换药，颇复耗时，致行前准备极感匆促。今日上午尚有客来，赞虞未谈良久，整理函牍。下午整物、作二信，以五时别家人赴站。

　　五时三十分车，与豪楚同离杭垣，车中人多，略谈馆事，看报。夜十一时抵上海，即换登京沪车，无铺位，未得好寐。

七月十七日　星期五　过南京，循津浦线北上

　　此次图书馆协会开会，系与中国博物馆协会联合举行，

国内省立博物馆单设者尤少,吾浙则有西湖博物馆馆长董君聿茂、历史部主任胡君行之亦赴会。昨先转沪,在沪乃登同车,今晨得一叙。

七时车抵下关,张晓峰之弟觉峰来迎。前日有信致晓峰,告行期。渠以中大暑校有课未能来也,与觉峰谈则中情形,并以湖笔杭篦俾转贻。

过江在浦口镇会见业师柳劬堂先生。师长国学图书馆已九年。此次亦往出席协会,且作青岛之游也。约登车,与豪楚共三人同乘一卧舱。日间颇热,时作剧谈,十一时方成寐。

湖南省馆馆长黄德邻济,武汉大学皮高品,文华专校毛坤,及江西省馆主任李绍诚接同车行,略得寒暄。后又晤无锡侯葆三先生、陈献可先生。(武汉大学购书费年五万元,实际上长购七八万元。)

黄济君为谈,此次中央之对付粤变,出师极为神速。粤桂军相约会师衡州,将先取之,其时传中央军北退,实则国军大部(第一军胡宗南等师)凡十万人奉命经武汉开抵衡州,仅十六小时而到达,过汉时民众尤不甚觉,桂军未能先取,中央军已先到，使粤桂军不敢妄进，故又传后退。一张一弛之际，固亦用兵，因剿匪而更有步调规律。要亦国家气运之尤未沦末劫也。黄君居长沙，谓在永州所到桂军多民团，咸谓抗日有志，内战则不从命，虽李、白之强亦无如何也。

柳师体健，精神充沛，谈语朗朗有神韵。余与对谈几全日，自愧精力不如太多。师今年五十八，自其始执教，殆已四十年。但自十六年后即已绝足讲坛。缘东大拒胡敦复先生之学潮，师曾誓不再执教其中，以明心迹云。主国学图书馆已九年十七年起，月俸良薄月二百元，更不兼职，而苏当道尤疾之。于该馆经费蕲而不加，师谈次坎坷甚矣。谓前年请建书库未果，命年留六千元，节此二年，请补建费，与翁咏霓洽谈，允助。而亦苏厅长周佛海先生尼之以为清凉山要塞，不必建书楼矣，但又不主迁。比来国、省立之争颇甚，此馆以省立而设于南京，或亦经营资助之一因，异日或将迁镇江也。

国学图书馆年费现为三万一千元，计苏省省立三馆在十九年度经费共八万三千元，后遽减至七万八千元。今渐复，亦仅至八万元云国三万一千、镇三万、苏一万九千。

告柳师以未获见余杭章先生之憾，询师最近何时得见。

师于章先生亦备致钦挹。谓最近系去夏之苏得见，顷谈甚畅。章先生心气视前和平，而言论尤纵横不可休，如不以访陈石遗告辞先行，或谈话不止二小时也。师告章先生，谓今各省以中央之提倡而有各省乡贤之表扬。然各省标准不一：如河南及子贡而鲁省遗孔、孟以为不仅一乡之贤，皖省称明祀，而他省多不及帝皇。因谓章先生可提出一主张以推举"国贤"。昔日从祀孔庙为一国共奉之先哲，今此观念不复存，谓宜别推以为全国矜式也。章颇颔之。余闻章先生早年亦好骂人，其高足黄季刚氏亦骂人。柳师言此大不同，章氏骂人是学者骂人，且晚年亦不复如是，黄氏则任气侮人，直下流也。

柳师极论南京建都问题因章先生在民初反对南京建都事而引起，以为建都南京固有如晓峰所论地理的理由，乃至摆脱旧都官僚恶习、东交民巷外力之威胁，然各一部分当轴之意，实别有在。如冯国璋为袁项城亲信，而冯卒自立，历来苏长官恃沪上税收为护符，而北京政府不能控制故都南京，殆以为当道之最大隐衷。试观买标金做公债，关税、盐余、鸦片所入，以及其他之收入，何可计数?！今司度支者，竟大以此为利，海上筑庐以自乐，尤其次焉。师言太激，余谓一部分官吏更贪婪,不可讳。然上海为第一海港,经济之控制固亦一中央政府重要之政策也。

师与陈仲謇①先生谈,谓抒情文最重宣达人我二方之感。如明武宗自挽靳相国有云"朕在东宫,先生为师。朕登大宝,先生为傅。朕今南巡,先生已矣。呜呼哀兮,尚飨!"实为至文。

七月十八日　星期六　过济南未停留　晚抵青岛

今晨六时廿分,车抵晋南②^{昨过徐州曾下车买《北平报》},平报登协会宣言,本由浙馆陈某撰,陈以覆车受创,或不能到会,将由袁同礼自撰。此一小事,竟亦见报,亲友多如前知或以为警也。沿途风光江北与江南大异,而淮北与淮北③又殊。济南颇热闹,但街市不整,以会期在即,不留,即转站。改乘胶济路车东行。

车中遇自平津南下之会员若干人,又遇南京来已留济一

---

①　整理者按,原稿为陈仲謇,当为陈仲骞。照原稿录,下同。
②　整理者按,原文如此,照录。
③　整理者按,原稿此处为"淮北",疑当为"淮南"。

天者数人。前在建设厅之徐君孟飞祀同,就有现供职铁道部,亦同车。徐君为谈京中所闻之时局内幕。谓京中初时主战者甚多,仁湖几为包围,而已定方针,后以韩、宋表示及各种原因,又值粤方内裂,始挽战劫云。

胶济路沿线林木甚多,各站又多花木,此中德人昔年经营之成绩。沿线农民多勤,耕种方法似亦优于江北,几无废地,然鲁西及南当不如是富庶者,临淄站有淄砚出售,各站售酱小鸡,每个仅二角,亦以见生活价之较低也。

车中侯葆三先生最健谈,论孔子出妻问题,谓孔子廿一岁结婚,廿五岁出仕,此后脾气遂大,常与夫人反目,故遂异居但亦不别婚。惟子贡尤拳拳,师故庐墓之余,尤追摹遗容,以楷木刻孔子及师母像,今存衢州者是也。多牵强傅会,然亦可寻味。

陈仲謇先生赣州人,自谓光绪二十八年离赣州,以后惟返南昌,迄未返乡。北京政府时代,渠曾任教育部次长,今在京为行政院参议及经委会专员当出门人,故旧之助力。陈公甚健谈,据云北京政府时代,教部职员,今留部者仅科长一人、科员二人云。

马叔平先生衡近长故宫博物院，前日自平南下，为参与中国博物馆协会，亦以今日早车由济登车。马先生虽甬籍，余未尝前识，今日以聿茂介而识之，遂邀午餐于车中，下午往其室一叙，以子弟辈相视，坦率如素相识，于中央研究院之无理，与傅孟真、罗志希之狭隘，慨乎言之。

当二十一年一·二八之役后，北平情势甚殆，故宫曾有一部分古物南迁，去岁华北情形又极险恶，北平图书馆之善本多有寄存于银行者，出租息甚大。馆长袁守和氏遂以筹设上海分馆为名，将善本陆续迁上海亚尔培路之明复图书馆。今见叔平先生，因叩以故宫存放古物尤多，将南迁否。渠谓华北当局力主不迁，一部分观察者，以为日人宝爱东方古物，即动兵，度亦不以损毁为快也。又问，闻冀察政委会将于故宫与图书馆皆派监理事。渠答本已决定，后一再梳解得罢，期间刘哲颇有调护之功云冀察政委会人才甚少，马言刘氏尚算清明，报载将重起。王叔鲁果来，将分宋哲元之几分权力也。叔平先生又以故宫古物正计划分类中前失窃事率三日即破，并谓对汪院长辞而不获，有如甬谚所谓"湿手遭米粉"云。

北平前大①阁大库之旧档，前已将落于人，叔平先生及友人言之北京大学、中山大学，皆以费绌不果收，后介绍而归中央研究院，今报告一字未及此。又傅孟真作《东北史纲》，友人缪赞虞兄为文驳之甚严，傅心衔之，因函罗志希请必去赞虞，且荐谢刚主为代，后以各方反对而仍保留赞虞，此中经过甚为复杂，谢君具道之于叔平先生。

向晚六时四十分车抵青岛，自二时后即感风凉，此后愈东行愈凉快，可见海滨夏日之宜人也。袁守和先生至站来接，协会亦来一二职员。袁先生前以宣言相托，今谓拟不用，而将在青某报出特刊三天。

七时与柳师、豪楚、葆三先生，京、鄂、湘来一行二十余人，同投宿山东大学，八时余方膳。

初到青岛，即觉路街树木之多与住屋之美，为青岛市街之特殊风光。与豪楚踱出校门至中山路购物，十一时许归。购物时见日货及类乎走私之货物累累，又商店中据云多甬人。闻人言日本人现住青岛者尚一万五千云青岛市居民卅万，乡区约廿万。

谈文澜阁四库书自商务影印事，由中央图书馆洽办，故蒋慰堂氏颇有欲实之中央图书馆之心；叔平先生于此，谓何不可保之朝天官分院；余以为中央图书馆既建，则此部书似宜归之，何分畛域之有。

故宫现定经常费三十六万元，南京建朝天官分院费四十六万元，将置放自伦敦运回之古物，为此费未全拨，下年度将增费廿万元云。

现有职员百廿人，警卫约二百人连勤工约五百人云。

---

① 整理者按，此字原稿为"大"，当为"内"字之讹。

七月十九日　星期日

到青岛之第二天。

上午童蔚孙来访，渠在山东大学任生物教授。为谈大学校舍原为德兵营规模文设中文、英文系，理有数、理、化、生四系，工科有土木、机械。及近事赵琦以学潮辞，以韩主席意委省委林济青氏为校长，甫到校接收乖方，良教授多去。

作致晓峰一信，倦极假寐。

图书馆协会、博物馆协会执监会在中山公园联合举行，余以监委名义，严文郁君俱往，先聚餐后开会。同席者袁守和兼二会事、叶誉虎、马叔平、沈兼士、严智开博协、严文郁、田洪都、沈祖荣诸先生，柳师及余十人，三时方归。

协会不发宣言，惟于明日特刊上登对于两协会之希望一文，不知何人草拟，守和先生以润色为属，不能却。即在开会席上修正之付印。又图书馆行政组提案审查亦以相责。晚八时半归寓所，为整理、重写议案，至十一时方寝。

番禺叶誉虎先生恭绰，久慕其人，月前来杭，欲往访不及。后为文献展览事，通信三四次矣，备承赞助。今日在公园见之，谦冲恬静，殆稍涉内学之功。聚餐后即由渠主席讨论。人或问何以转益健好，彼谓不吃肉是一事，学些麻木又是一事，可谓玉言。席间谈北平事为多，沈兼士先生谓故宫文献馆馆长，以叔平先生之介见之，并允为文展会之助。

下午五时许，与豪楚步至海滨，参观接收纪念塔。塔仅"接收""纪念"数大字，旁记民国十一年十二月十日及□□题，竟无碑文点缀以存史迹，亦美中不足也。自栈桥可望小青岛，豪楚昨已去游，余未往。风大不久坐，在美商西菜馆用膳。蛋炒饭乃至价五角，可谓昂矣。

李文田先生有一孙在燕京大学毕业，现在北大研究院研究。沈兼士先生谓彼似可即以李文田之著作为研究范围云。

青岛警务极为整饬，亦以德租时代德人曾立良好之基础，据云最早警士仅九十八人，又住民有举家外出而以钥匙交附近区之警士者，大抵德人之经营青岛所得实微，赔累却不少也。

青岛人口自八万人光绪廿三年增至五十万人，日侨尚有万五千之多。

　　叔平先生于中央研究院深致慨，尤以对傅孟真之衔隙似颇深者。彼谓历史语言研究所常图不劳而获，如殷墟发掘，北大、清华、燕大皆出资，研究院未尝出资，今印成"西北科学发掘报告"，居然尽揽为其功矣。又谈甘肃发见王莽权衡，故宫以此物与所藏两铢可相得而彰，已购二事保存，甘省府争之，中央研究院遂乘机为请而领得之，且欲并甘省府所存者而得之，而政府卒助其成。马先生以傅恃气凌人而量仄颇于微辞云。

七月二十日　星期一　在青岛第三天

　　今日上午九时，中华图书馆协会第三次大会与中国博物馆协会第一次年会联合年会，假青岛山东大学礼堂开幕，到二会会员一百四十余人，来宾三十余人。（一）博物馆协会理事叶誉虎先生恭绰主席致开会词，意殊平淡，略谓平时不能充分联络，借年会中之交互商讨，必可促进事业，并对青市与山大当局致谢意而已。（二）沈市长鸿烈演说词亦乏精采。沈氏曾来杭，余于其来浙馆参观时见之，似木讷，不知其精干而亦有见识也，其所言重在事业之推广，以挽中国之贫弱。（三）山东大学林校长济青，原为省委，新于月初接事致词。其人面目庸懦，言语亦拙，惟谓保存文化、宣扬文化，图书馆与博物馆有重大责任云云。（四）青市教育局长雷法章先生演说。其人盖一留学生，颇擅口才，谓青市物质建设努力之余，觉于社会教育事业尚待推进，故于两会多彦莅青，尤表欣意。次于二会分致其希望，并谓青岛在中国原为一国际都市，但吾人正尽力使其回复中国化，此非教育不为功，最近市府正筹设博物馆云。（五）胶济路委员会葛光庭先生演说。其人神态似一从政已久世故甚深之人，谓二会实与政治有关，盖教育发达，政治亦随之上轨道也。（六）马叔平先生答词，述及二会联合举行之由来与希望，在青举行则以期有观摩之意。开幕礼遂以十时三十分结果，摄合影分影凡三，会员出席如合博协会在内，似不减廿二年之北平年会也。

协会年会之日程，今日原定李石曾先生讲演，李既迟至，沈市长则以事将赴济，故今日即由沈作特别讲演，其题即为

"青岛市之建设",自二时至四时许,于政事、自治、经济、教育各方面,皆有详明之报告与解释,虽多少含有矜夸意味,然事实具在,宜其自信。青岛自民国十一年十二月接收以后,初为胡若愚为市长,自沈接任至今六?① 年,各方建设始有长足之进步,闻市税收入亦不小,故能建设码头、栈桥等二工程,辅助自治教育事业之发展云。

下午四时,图书馆协会举行讨论会,讨论图书馆行政组各议案,凡十余案,田洪都主席。

晚六时半,沈市长在迎宾馆公宴二协会会员宾主,并有致辞。迎宾馆在信号山下山坡中,本为德租借期间之提督署建筑,极为富丽原系为德太子将来游,特建之,叠石为屋,所费在百万以上。此为历史上可以纪念之房子,今改迎宾馆,以接待中外贵宾。酬酢欢娱之中,应不忘卅余年前之旧耻也。

此次图书馆协会中,省立图书馆出席者仅下列若干人:

黄　济　湖南省立中山图书馆

　　馆长　曾来杭参观

---

① 　整理者按,此问号为日记原稿中作者标注。

张知道　陕西省立图书馆

　　　　馆长　　中大毕业,曾来杭参观得识

郭景林　绥远省立图书馆

　　　　馆长　　年约五十,甚诚厚长者,与略谈绥远教育情形

柳诒徵　江苏省立国学图书馆

　　　　馆长　　余从业师也

李绍诚　江西省立图书馆

　　　　总务主任　　甚和蔼坦率,谈赣情颇多

霍怀恕　安徽省立图书馆

　　　　编藏主任　　后到会,于浙馆推行备至

杨时久　湖北省立图书馆

　　　　图书部主任　　据谈馆长锡恩年已六十余,新宇落成后,
　　　　　　　　　　　组织将扩充(振公之内弟)

王献唐　山东省立图书馆

　　　　馆长　　襄曾通信,未见其人,今始后识年三十余,温文
　　　　　　　沉默

姚大霖　福建省立图书馆

　　　　主任　　未见及

据余最近调查，东北四省不计外，全国省馆应有三十一所，而到会者并余仅得代表十馆，亦见幅宇之大，联络之非易也。镇、苏二省馆皆有规模，此次馆长或代表皆未见到。

记沈市长市政报告之若干要点于次：

1. 本人来自民间，深知民间疾苦，政治之对象为人民，如何为人民办事，首在知人民。由知民而亲民，由亲民而图便民与利民，此为设置乡、区建设办事处之本旨，而就设立以来之体验，乃认识尤切。（青岛现分为十三区）

2. 行政手续力避公牍之繁，考成在于考其实绩，实际调查与报告最为重视。

3. 政教合一——乡村建设委员会（政）与社会教育通讯处（教）有密切联络，呼应联贯。盖教育与政治必须合一，政无教则不能得指导，教无政则不能广推行。

4. 青岛商业，德国租借时代为三六〇万元，民廿二年达二四〇〇万元，商货由五十万吨增至二千万吨。中国港湾，可以青岛为第一，湾深，气候温凉而不冰，且与烟台等口相衔接。

七月二十一日　星期二

今日为图书馆协会三次年会第二日,上午讲演会及宣读论文,下午讨论会。博物馆协会讨论之外,以讲演读论文之时间为多。

上午八时,讲演会开始。沈祖荣先生讲"公共图书馆行政之联络",侯葆三先生"甘、青、宁之教育文化",余以严君之一再为言,勉讲一题,为"天一阁之过去与现在",以二十分钟时间讲天一阁之由来与修葺后之现状,其■(望?)当可必然。天一阁在私家藏书中有四百年之历史,今以公私合力而重光,藉此以唤起治书者之注意,亦于理为宜也。

九时四十分,李石曾先生莅会讲演,二会会员皆出席。石曾先生于吾国文化事业为先觉,然近年亦毁誉俱闻,要其毅力不懈致力于国际联络,有足多者。今日讲题为"东西文化与中国国际图书",词甚长,其义意则实单简。其狭义则宣说渠所主办之"中国国际图书馆"之内容与其使命,广义则阐说中国如何增进国际图书之庋藏与应用,以促东西文化之联

184

络耳。至于"东西文化"四字，直可谓并无谈到。其归结为二点：（一）如何进行中国书与国际图书之交换，（二）如何使中国能提高利用此种外文书之效率。渠之二种建议在：（一）增加多量西文书于图书馆，为本国资力所不及，正与建设银公司接洽贷款购书；（二）增进中国人读西文书能力，渠谓日内瓦舍友国际学校专重语文，已派中国学生往学。故李之讲词目的乃在：（一）征求加入合作借款购书组织，（二）征求学生参加此世界学校而已。最后则谓多购外国书。多读外国书，可以免去人类之争斗。完成互助、互信、互存、互荣之目的云，此种讲词，似题名太大，实质不足以副也。

十一时协会宣读论文，柳师主席，毛坤、钱存训、汪应文、李靖宇、毛宗荫诸君先后宣读其论文之大纲，十一时[①]散。毛、汪皆文华专校，李在邹平，毛在中央图书馆，钱存训在上海，于图书馆参考书问题颇有攻研，其态度亦沉着有守，与杜定友同事，而意态远胜之矣。

下午二时至四时讨论会，讨论关于分类编目检字索引各

---

① 整理者按，此处日记原稿作"十一时"，疑作者笔误。

议案。豪楚出席,余以事未到。为文展会据公函致莹一信。

四时,两协会联合开会,沈兼士先生主席,讨论档案问题。系故宫博物院提出"档案整理方案",请会员参加意见,为之修正,实则近年报告,至各地方档案之搜存与整理应共同注意研讨者,转未及焉。

山东大学校长林济青先生今晚公宴两协会会员于校内大礼堂。余与钱存训、曹钟瑜、袁湧进同席。曹君川人,甚谦和,袁在北平图书馆任编目,亦自谓该馆于国际联络较注意,对国内大图书馆之联络太忽略也。

晚间犹开会,因协会讨论未分组,议案太多也。自八时半至十一时方散,所讨论为关于图书馆教育及民众图书馆之各问题,为一小议案而争论甚久,较大问题转无讨论。沈祖荣先生在斯届多年,然学力殊平庸,脑筋亦不敏捷,为主席似窘于应付也。

七月二十二日 星期三

今日为图书馆协会年会第三日,上午讨论,下午会务。

会议四时举行闭幕仪式,五时散会。

上午八时半,协会讨论会系讨论教育部交议之"地方图书馆行政改进要点"凡七事,如"县立图书馆工作标准""购书标准""省立图书馆辅导及推进全省图书馆事业办法"。而关于保存文物者,则有旧刻古版保存办法(凡此曾由协会事先征集若干图书馆之意见,据守和先生言本馆所送为最详备)。今讨论时每项限以十分钟,而又未将已征得之材料编印分发,以避发言重复,主席沈祖荣似无观事综合判断及伸缩之能力,讨论二小时,只有若干人发言,可谓实际上无何裨益。其送部之报告,异日恐尤以各馆书面意见为主体耳。

下午二时会务会,袁守和先生报告颇多:(一)会所建筑费(联合会所在京建筑,建费七百元,地价百五十元连设备拟募款千五百元);(二)协会一年来之工作;(三)协会之国际的联络;(四)美国图书馆协会专家某君本年来华考察,将于商协助之道。惟于会费催收案讨论至二时余分之久,亦可见主席之缺乏权衡。其他十案匆匆于三时五十分讨论完毕博物馆亦于四时讨论结束。

四时,图书馆协会与博物馆协会会同举行年会闭幕仪式,叶誉虎先生主席略谓二会所负使命皆甚重要,而今次讨论之中,有共同感觉二事,一为经济之困难,一为人才之缺乏,此二点即可证明二种事业未为人所重视,是以今后于努力内部发展改进之外,尤当尽量向外宣传此二种事业关系之重大,以期得各方之援助,方可增其力量,贯彻其使命,次并致谢意。严文郁、马叔平分别代表两协会作议案报告。分别报告毕,即宣告闭幕。

此次北来,得识叶遐庵先生_{恭绰}、马叔平先生_衡,本馆筹办浙江文献展览会,皆已请为设计委员。叶先生于此事尤关切,十九日晤即说起,或即乘此时谈话一次。昨日遂以便函通知,于今日下午大会闭幕后约集"浙江文献展览会谈话会"。下午五时,此会即在科学馆阅览室开会。到者叶誉虎、马叔平二先生外,有北平图书馆长袁守和,故宫方面更有沈兼士、庄当严、傅振纶、单士元及职员方苏生君等;此外有清华大学金大本、武汉大学吴其昌、河南博物馆长王幼侨、上海博物馆长胡肇椿、天津美术馆长严智开,柳师翼谋先生代表国学图书馆出席,并有陕馆张知道、湘馆黄济等。由叶誉虎先生主席。推称文献展览意义之重大,浙江首有此举,足为全国表率，希望共予援助。次即由余报告筹备之经过，设计会干事，会之组织，各组主任之人选、征品分会之办法，更表示对于北平设征品会及其他各方面之希望。首即讨论故宫方面征借，余不详故宫关系之复杂，竟致望于征借一二有关浙江之实物。叔平先生表示须理事会决定。（事实上，上次古物运英展览，亦为物已至沪，政府主持之北平学术界人仍持反对，若在平或许办不到云。）沈兼士先生戏言可借与英人，何独不可借与浙江。叔平先生以为真，谓沈不应出此语，众相与大笑实则沈明知之，故以讽语难之也。经决定，就故宫浙人书画或名档、摄影寄送，北平图书馆珍本多在沪，则可商借。旋决定北平设征品分会，众属望马先生主其事，而以保管交银行。又谈他方征品问题，于保管陈列及会场问题皆有谈起，虽无多具体收获，而北平方面，因此一会当可多得助力，于私家藏品终可借得若干也。青岛气候凉爽，昨日稍闷有雨，今日下午颇热，而承诸先生莅止商讨，亦可感已。

年会开会三天，日间常在课室集会，晚间亦或为开会或为他事，不得早眠，故连日精神亦颇疲倦。且如此海国风光，以未畅领略为惜，六时遂与豪楚同侍柳师外出。在街上买青岛及崂山志、青岛市图，遂在东兴楼酒家晚膳，十时归。

录柳师之观浴诗一律于此。师于十九日即独往下海。

朱楼嵌树碧玲珑，白浪排山绿蒨葱。

天发杀机次净土，人无固志凿华风。

千魔戏水蓉肤皓，万趾翘沙蔻甲红。

堪笑老夫从裸俗，舞场残奏能丁东。

丙子七月二十日青岛海滨公园逭暑，从群儿浴海中，后至小海滨咖啡馆观舞作。

读之知老师之感慨深矣据云以前西人海浴亦须衣长袖，今则亦从简脱，男女共浴，于青年之诱惑自不免耳。

七月二十三日　星期四

协会年会昨已结束，今日青岛市政府招待图书馆协会与博物馆协会出席会员，参观青岛市区新建设。

上午所参观者为市政府、市礼堂（接收纪念亭、前海栈桥皆路经）、西镇办事处、平民住所、船坞、第三码头、观象台、工商学会。下午所参观者为水族馆（海滨公园、海水浴场皆经过）、中山公园、体育场、市立中学、高尔夫球场、湛山寺，及汇泉废炮垒。参观事毕，回山东大学，为下午六时许。六时会员公宴及答谢，仍由叶誉虎致辞。余得识袁道冲先生。十时许归。

全日参观悉由市教育局长雷法章氏招待陪导_{市府又派二}员，一陶姓颇精干。雷君长于口才，在市礼堂演说_{自名为报告，实演}说也半小时余，听者多交称之。然余察其形态虚矫不持重，所言亦多华而不实。青岛教育在数量上闻大有进步，然据山东大学友人言，实质并不如何整饬进取。在此时代办行政教育者，或实需如此一流人物也。（雷湖北人，文华图书馆专校毕业_{此余后闻之于工务局邢局长者}，口头常带英语，似炫人为似曾出国者。）

参观所及有可记者，一为西镇办事处_{自治组织}，一为第三码头与船坞_{港务}，一为水族馆_{博物}，一为旧炮垒_{军事，国耻遗痕}，拉杂书之，间以雷君之报告附丽之云。

西镇办事处　西镇为青岛市人口较密之所，实施自治，颇有可观。办事处之职权颇大，实际上比浙省之区公所尤过之，参观时由主任某君报告，甚为详尽，大抵为平民生计、平民教育。及此种办事处对于行政之功效，其最有造于平民者，其当为小本贷款处。小本贷款资本由金城借十二万，市府认三万。现市内共设四处，借款数自十元至一千元，利息九厘_{青岛通行利息一分三，当铺息则日本当五分，中国当三分}。担保亦极有伸缩，民众小借可以派出所警与民校校长为担保，由此以促进民校之普及。

第三码头　青岛原有四大码头，此为第三码头，其地位自南之北为第三，故云。建费四百万元，二月四日落成，专为运煤之用。

船坞　在华北修船为第一，大于江南造船所，建费连设备为四十万元。

平民住所　在西镇一带，原多棚户，凡十五处，平民计四千五百人。余等往观，见贫民妇孺为多，有公共洗衣池、公浴池、公厕等。据云青岛此类住所有三等：（一）平民住所凡一千五百公所；（二）自建住所形式划一，_{费由自认}；（三）合作平民住所。

第一项之平民住所，每家二小间，有高炕，月纳房租一元至一元半云。平民住所先后建成凡十四处五千间，可容数万人云。

水族馆　水族馆在海滨公园内，凡沿海及胶州湾内之各奇异海产，无不搜罗陈列并附标本甚多，奇鱼珍禽皆生养水中，助以水流管。透厚玻璃视之，色纹新异，目不暇接。

汇泉炮垒废址　汇泉炮台在汇泉角上，自德人租借胶澳，最苦心经营者为若干炮垒，而此为最大工程，亦最坚。顶面可见者凡三炮位，垒之外围为石壁，下辟地室甚大，同行皆求得入。管理者以市府令辟门，持烛为导，缘边行甚深，黝黑可怖。闻中有药库并寝室，厨房皆具。电灯电汽工程外，并有轻便铁道以运输弹药。余出时见壁间有 menschen Dept，知为驻屯部队之名也。闻一九一四年八月日德宣战后，日遽攻青岛，于炮台不能加损，惟在其顶损一碎片。惟以炮位受震动太剧，在地室之德军竟死二百余人云计有二十四栅加农炮二门，十五栅者三门。闻十六年时张宗昌曾一度修理（尚有炮位五，一在湛山，二在仲家洼，一在太平镇，[一在]①海泊河），

然日管时既未能整理,吾国收回后,闻更有不筑炮台之成约,如此天然军港而废弛至此。一旦有事,陆军纵有劲旅,亦无以御外舰之占领门户之辍。溯青岛之往事,观其现状乃弥可痛也。

柳师在下地道时仍健步而频频呼"下""下,下"。比归,豪楚言炮台工程诚伟大。师言直混账耳,在他人国土建此,将胡为!爰占一律云:

> 大盗固无人我界,遗踪孰辨后先居。
> 排空巨管森龟甲,六地坚衢绾矧书。
> 莫倚虎狼能卫室,羞夸鹬蚌利归渔。
> 桑弧蓬矢男儿志,皓首何期老虫鱼。

沈市长鸿烈长青市已三年,于建设布置,洵有功矣。然如教局雷君所言,亦不免矜夸太过,转使人闻之刺耳,而减去其信仰也。为记雷言数则如左,亦以见今官场夸工之专长,抑非此,亦不具备今官吏之条件也。

雷君之言曰:青市收入不多,成此建设殊非易易,又谓输中央之款年须四千万元（及问之旅青九年，张镜夫君渠谓并无此数，抑常识度之，亦殆不逮此也）。

又曰沈市长宗旨在打破中国人不及外人之观念。外间误会，辄以为青市建设，为德人树其基础，日人有所增益。其实德人于路政植树虽立基础，但已多新营，日人则更无增益。可言今德人对于沈市长之建设成绩，亦甚表佩服云。

又言菲律宾总督新来青岛参观建设任菲事十四年，甚为叹服。渠言如第三码头为此巨大工程，而市府能自筹经费补助，实为不易，盖此工程在欧洲以倍价当不能达此程度。而市区添新建设设备而不举新公债者，在美国几无其例也。如海水浴场，德人来信要求自筑，市长退回其信，而规建设备，西人皆佩之云。

又谈青岛前发生水兵冲突事件，及川来青，非为交涉，实则弹压浪人近来此类小事日水兵侮辱一行人，民众怒而攻击之，遂经交涉，后亦和平了事。案，据蔚孙言，市府实道歉。日本亦有戒心，尝闻日本青年团长对团员之训话谓：青岛市已纯粹为"外国地方"，无日人之主权，日海军非常驻此，今中国青年已猛进而有组织，不可轻视，日侨必须谋自卫之努力。市府陶某亦告予谓，民众晚间受军训，小学皆受军训，日人忌之而无可如何。而雷君且谓国术练习所成绩颇优，日本要求停办，不得，甚畏忌之。夫以中国不彻底之军训，而使日人畏忌，且以数十百人之国术拳击可以抵邻国之猛舰、飞机乎？！如此轻妄之语，以夸乡间愚夫犹不可，乃靦颜向各地教育界中人侈陈之，亦已可笑，而听者犹有闻此一席话而歌颂向往者，则更可笑矣。

七月二十四日　星期五

今日两协会会员，以青岛市政府之招待共游崂山，便道参观青岛之乡区建设。自晨七时出发，向晚六时方归。

参观所至者如下：一、海泊河苗圃，二、沧口小学，三、李村办事处，四、李村农场，五、崂山石公司。

李村为青岛乡区最著，而设施最进步之乡区（乡区凡分八区，此为其一）。设办事处，职权甚大，处长郭某又即席演说，报告语甚枝蔓，如西镇办事处之颇存自矜者，亦上行下效之效欤。然其建设确有可观，据其报告略记之。

一、治事共分六股：社会股、教育股、公安股、工务股、农林股、财政股。

二、社会股之事业为义务医院、农民银行、调解及社会改革各事。

三、教育则全日十七村设小学二十六，分校三十三，共五九所，一九四级，学生七千人。教育经费八万四千元，现学龄儿童已有百分六五上学，各小学并附设日夜民校日三小时，晚二小时，以三个月为一期云。张君言民校学生寥寥，至实行军训，则以三小学合聘一教官以施行教练。又设社教中心区。

四、公安则采警管制度与保卫团取密切联络（廿岁至四十岁武装训练），设警备车，现境内全无盗劫。

五、工务则上承工务局，修路计六十四路造桥现有三六〇桥。

六、农林则为解决民生问题而设之一股，方针有六，即：（一）植果，（二）养鸡，（三）养猪，（四）植林，（五）去病害，（六）农村改良，以期达教养并施之旨。

七、财政，每亩纳税约二角五分，以前乡民进城付税甚困难，今即由办事处代为收税送财政局，领据分送并代征烟酒税云。

李村有村戒十条，曰：戒早婚，戒酒，戒纸烟，戒奢侈，戒邪教,戒懒惰,戒用洋货,戒嫖赌,戒肮脏,戒迷信。又见某处有禁约,其中一条为,禁男子养辫。余问主事者对女子何以奖励蓄辫。彼谓男子不蓄发,法有规定,女子则此间风气未开,一任自然,但缠足之风则已戢。今境内四十岁以上尚有小足,余皆天足矣。余于李村医院所见,妇女小脚者果皆近三十以上者,而蓄辫则在乡村殆十之八九而然,亦以见社会风习之不易转变也。

崂山石公司有黑石,有白石,有机工,有人工。机器甚大且精,能磨石亦能镌字,以石硬手工不易刻也。

沧口小学,规模颇大,现在适为暑校开学期中,行小先生制,臂上缠有"市立贵州路民学校,青年暑期服务团,第□团,第□组",青岛各小学校舍近多新建,皆西式平房,余地甚宽。沧口较大,有成绩室,余抄出其学生课艺一则,友言此邦住民民族意识较淡,即此则可见,赤忱之儿童或愈于成人也。

我们中国近兹十年来,受了许多帝国主义者的压迫,尤其是日本人压迫我们太厉害,国耻重重。——你看这几天的日本人和一些日本军官,慌张的太了不得,还开国民大会，天天找我们的事。——我想我们的军人一定要准备，当然我们已预备许多枪和炮罢。

又有一则，则知北人之敬师观念或优于南方儿童，其植树节一文曰：

老师们手足粗黑了。老师不是同父母一样么？我们应多为他们代劳。

李村农场，余未全参观，大致有农艺、园艺、畜牧皆备。此邦宜于长苹果，一株苹果，年获至少五元，一亩可种三数十株，故该村内买苹果仅每斤五分。然味涩易烂，自应更究改良种子之道也。

崂山之游殊未畅，盖为时仅半日有余也，自李村农场出来，已十一时矣。汽车疾驰至崂山之山路，经溪爬山。公路之工程殊伟，路中观山际之白云，无锡侯葆三先生同车，请其口占云："百里驱车看山去，云如烟兮烟如云。脱口狂吟齐拍手，诗兴胜与……（忘三字）。"诗初不工，余为改末一句，调之云：

"诗兴绮运两属君"，以其与女会员同座也。又增以一绝云："独有锡山客，来探崂山胜。风送车中过，幽香来袭人。"

　　崂山胜景应作三四日游方可穷其奥，今吾辈所经行者，自我叶村之大劳观，望骆驼头至北九水（午餐），上达鱼鳞峡观潮音瀑，仅崂山之外层耳。自大劳观前进小步行，仍登车，公路修整，车能曲折通也，山石甚奇。北九水殆以溪水甚多而名。自此而上，同行半则步登，半则乘轿，余亦得一轿行至半，下舆玩溪水，与豪楚等相遇，洗足水中，良足乐也。上登至鱼鳞瀑，上写潮音瀑，有仙乐处小舍。瀑高三丈，上狭下阔，但不甚大。予等托聿茂摄一影。崂山之奇，在乎合水石之美。南方之山多溪水，但石小，或大而不奇；泰山雄奇在乎石，但自一部分蓄积外，非沿途有水也。崂山则一路皆奇石，而又溪流秀润，连续不绝，水石相应，人心如潭。斯所谓雄奇中有秀丽也。柳师有口占崂山杂诗八律，录其数首①：

---

① 整理者按，原稿此下空白一面，大约原拟录而未录。

自崂山游罢，四时一刻离山，以原车还。七时许，返山东大学，蔚孙来约明日午叙。

昨日游湛山寺，则市区新建之名刹也。湛山在青岛东南角，为自然风景区，近有避暑公寓。青岛信佛之事，发愿在此建寺，甫成后殿，额曰"海印遗风"赣皖苏浙会馆送。有联二，可录：

久陪方丈滂沱雨，欲访孤山支道林。永嘉王荣年梅庵

师正法不师像法，学古人不学今人。岁甲戌四月青霞峰

蕅益大师法语，以奉青岛湛山寺供养，晋水尊胜院沙门论月音。

此联盖弘一师所写也。江翼时兄尝为余言，弘一师写具款，取佛法名词为名，不下二百异词云。湛山寺建筑捐款颇巨，有可录者：王湘汀一万元，韩复渠①一万元，沈市长五千元，北平政整会三千元，牛业万二千元，叶誉虎千二百元，孙传芳、何敬之各一千元，其他尚多。可见建佛寺及慈善事之

---

① 整理者按，原稿作"韩复渠"，疑为"韩复榘"。

捐款视教育文化事业为易集矣。

七月二十五日　星期六

图书馆协会开会三日，参观游览凡二日，今日事毕，会员半数多散归。惟"图书馆用品博物馆建筑联合展览会"今日在太平路大饭店开幕，以一星期为期，余上午往参观，十一时方归九时一刻往，参观亦历二小时许。午应蔚孙兄之宴，豪楚、聿茂俱被邀。晚间周学普、陈之霖二兄在小海滨菜馆相款，豪楚餐毕即去。侍柳师乘胶济夜车，柳师回去，渠则作故都之游。

晨，袁道冲先生来。袁先生现号荣叟，忠节公昶之子也。二十三日在公宴席上得识之，神态谦冲，蔼然可敬。柳师言日来所见多俗人，袁先生真令人起敬，殆忠节之教然欤。以文献展览事陈之，请征借。谓忠节公日记在松江其兄寓中，公所得时贤书牍装裱成册者，则可假与偕归。因询住处，余谓拟在山东大学续住，先生谓佛学会可借住，今晨来与柳师一谈。余谓请偕往佛学会接洽。八时即去，在福山支路，见倓虚老法师及司事者赵与之君，许其住一广室，毗接佛殿意，甚幸。下山随袁先生同参观图书馆、博物馆展览会。其陈列分三部分：（一）图书馆建筑图片国际图书馆所征得者，（二）图书馆用品及书籍多为北平各大馆者，（三）博物馆建筑图片多袁守和游欧美时所采得，（四）英国伦敦艺展中之故宫物品及外人出品摄影古物图片与古物图片。余殊乏兴趣，惟于欧美学者故居部分浏览稍久云。

二时随周学普、何增禄二君洗海水浴。余尚为初次下海者，不敢深入，何君、周君皆得游。遇何日章、钱存训合摄一影。四时余后再游中山公园。六时遂在海滨用膳，团员之邀请也。

今晚仍宿山东大学，室中仅一人矣，颇寂寞，整理书物至十二时许。

七月二十六日　星期日

图书馆协会开会以后，参观并游览二日，昨日展览会开幕,昨、今二天会员什九纷纷离去,山东大学宿舍中会员尚留者,今仅三五人矣！余以袁道冲先生之介绍,许住湛山精舍,今日上午十一时迁来。湛山精舍为王湘汀先生捐赠,青岛佛学会作为会所者。正殿三楹,边屋东西翼各二楹,正屋上为佛殿,下为讲经堂,左为佛经流通处。佛殿之西为住持住室,东为会员休息室,而留二间为客僧、居士寄居之所,余即寓此室中。精舍据福山之顶,俯眺海景绝胜。余室有窗二,面对海浴场及旧炮垒,且可远眺,以视游普陀住普慧庵,无此佳观。与袁公相遇本出不意,得住此圣地,亦前生之因缘矣！

晨起在山东大学收拾行李,并作致阮珽弟一信,询馆事及寓中情形。聿茂来访。走访周君学普,以行李一件寄存。

十一时至湛山精舍,安顿行装后少顷即午膳。辽宁于学思君主东北大学图书馆,今午偕其友詹君来寺略谈东大现状。此间职员暨佛经处司事赵与之君,亦辽宁人,谦冲可亲,招待亦颇周至。

午后精舍有讲经会,倓虚师讲《金刚经》,僧俗来听者数十人。余以连日积倦,一寐几二小时,本拟往听虽不易解,亦此心诚意敬意之表示也,为此失时。宏伞师听讲毕,来过室,余以精舍印赠之《十戒略解》不易理解为请,师即开示多端,大要以为初学宜从净土下手,自愧俗心不尽解其语也。

五时,外出购什用物品于河南路,遇雨。以何增禄兄曾有小海滨晚膳之约,赴之。至则未见,殆以雨未果,昨言本未定实也,余乃自餐。肴多荤,有童鸡一,且观舞,又是物欲之一小海滨为何兄约好之地,至则不便即离,■(课?)主为吸引各国海军休暑者及外籍人士,故附设舞场,多美海军军士偕西女来舞,皆粗犷。闻美海军休夏二个月,多来青尽量作乐云。自省,甚内疚于心,然非增禄兄约,今日本可不重至此,食杀生之物也。九时许归寓,十时寝。中夕潮声甚大,醒来一二小时,虽杂念不易断减,但听潮自有胜趣,不寐中亦不生烦厌也(八时左右雨极大,比夜半后,雨止风静)。

宏伞师为语"五根""六识"及"八识"之要旨,及六道轮回与转生之大概。渠又言此世人与人相处,惟一"争"字,国与国之间惟一"杀"字,推演日亟,而莫可挽,必至人类日稀而始觉悟,信佛信法而重辟此界。如此一正一反之谓"小劫"。其言虽如教中语,然念今世争杀之极,则此语亦至可味也。

七月二十七日　星期一

晨起已六时半，缘昨晚未畅睡也。

至佛经流通处，购《净土十要》及《净土辑要》《十要》有书十种，为宏伞师指示介绍。至室中读《净土辑要》数节。又承赵与之君增以各种印赠之佛经多种。

谨录苦行居士《净土辑要》上篇之"警语"及"常识语"数则于此，以资常自警惕。

人人皆有佛性，其本性所以未明者，烦恼惑业蒙蔽故也。若人处闲，心无事扰，正好念佛。若人处忙，忙里偷闲，正好念佛。心中念佛，用耳听音，字字清楚，可使心不他向，久久心中自然不念而念，一心不乱了。

大圆居士唐蔚鸿念佛三字诀曰：信、愿、行。生信，发愿，行则。简便有三法：一定课念，二随缘念，三差别念。（按，定课念，如余之事牵，似不易行，随缘念、差别念则当常为之耳。）

又进一步提出一心不乱之四字诀。《华严经》曰：当持名时，凡口所念，耳所闻，目所见，皆是此心。除心以外，不念一物，不闻一声，不见一物，如是则见世间万事万物皆是我心，心外无物，则得一心不乱。

人之心乱，由于不知专一，若知多即一，一即多，佛名一多无碍，则其心得一。

"南无阿弥陀佛"是一句天竺国里的话，就是敬，从那无边智光、无量福寿的圣人之意。

念一声佛，即免生一杂念，常常念佛，就常常断除杂念，杂念不生，天真不灭，何轮回之有。

众生皆是佛性，人人皆可成佛。但因贪嗔痴诸念及傲慢望报与其他杂念，致原有佛性蒙盖起来，久造出种种善恶因果报应……欲免六道轮回之苦，须将种种念头一齐放下，单念"南无阿弥陀佛"六字。

断不可说无暇念佛，若俟有暇再念，不知何日才可有暇。以争斗为假，以念佛为真。

今日又得阅崇俭主义，劝戒录节本及素食主义，皆流通处见赠之小册也。

丰子恺、李圆净二君，发愿写"护生画集"，弘一师为之题古诗，或自撰白话诗于每画之后，甚可寻味。护生，非即吃斋，不吃素之俗人皆应护生。尝阅西洋公园中，雀集成群，人至不逃，中国小孩到处杀禽害兽，残忍性成，岂儿童教育之道？此画集谓宜广为印行，分赠各小学，且由教师译解古诗。能爱生物，亦一美德，食肉不能强人人以制绝。研究生物亦自为科学之一支，但皆与护生之教不相矛盾也。

上午补记旧日记，下午假寐二小时。

天忽大雨，伫立门外，顷之海景杳渺，不甚可辨矣。

下午作二信，致五姊，致二兄一长信，十时寝。

始见廿五日报，知政府解决桂局之办法，调浙黄绍竑主席主桂省政，李品仙辅军政，而任白崇禧长浙。白当然不允来，则知徐青甫氏代理之局必延展。传闻白崇禧实一英才，惟我执太强，宿怨难捐，桂局之定，当不如粤之易。然粤局亦是解决得可怜，余汉谋通电谓生死安危置之度外，人言藉藉，余乃得政府之巨赂，即不然亦不足为彻底之解决。两粤风云正未可据，谓戾气已化祥和耳。

七月二十八日　星期二

晨间犹有细雨，披衣出户，衣绒犹寒五时半起，及八时顷日出，旋仍阴霾，遍空而不放阳光。闻居民言青岛往岁夏日亦有雾，而日出即散，又不如今年之多雨。想江南近来当亦多雨，黄河上游雪溶量大，闻河溢已吃紧，不知政府将如何先为绸缪也。

读《净土辑要》龙舒净土文。

兼阅陈熙愿《净土切要》第一篇，别阅吴倩节辑《八福田》一小册。

宏伞师住毗室，甚和善。向午，持《袁了凡先生四训》一册见示，谓读此可转变世观，且亦易解，拟明日读之。

上午以二小时许间，作致八姊、怜儿、项君各一信，呈大哥一信，埏弟一信，又作第二信寄莹，告以住处风光之胜，劝夏日摄生之道。

下午三时后，又作致七弟、八弟一信。午前何增禄兄来谈，顷之去。

下午，寐一小时后补记七月十六日后日记。五时外出购西药，旋以何增禄兄约，赴大同西菜馆之宴。同席为周学普、陈之霖、童蔚孙、秦苏美、刘景秀海阳人，上海商学院毕业、王竹生皖人，中大教育系毕业、李达湘人，山大生物系教授及董聿茂与余共十人。同座除周、陈、董外，皆东大前后同学也。李达最健谈，于今日学术界之标榜相当，遏抑后进，颇慨乎言之也。九时半席散，以天雨十时方返精舍寓中。法师与同住赵居士等皆已睡焉。余膳时谢去一鸡，但肴中仍有猪肉，过佛堂内疚也。

谨录龙舒师《净土起信论》警语数则《净土辑要》中篇：

> 净土之说有理有迹，论其理则见于日用之间，论其迹则见于早晨一茶之顷，而不必终日尼。
>
> 今有贩物者，一钱得两钱之息，则必自喜，以为得息之多；两钱而得一钱之价，必忧之以为丧本。是于外物小有所得而知其喜，小有所失而知其忧。何于吾身之光阴有限，则汩没以过，其失大矣，而不以为忧；于净土之因缘难遇，幸而知之，其得大矣，而不以为喜。是徒见小

得小失而知忧喜,及得失之大者则不能知,何不思之甚也。

　释氏之教,有世间法,有出世间法,其世间法与吾儒同者不可以屡数……惟儒家止于世间法。释氏又有出世间法。儒家止于世间法,故独言一世而归之于天;释氏又有出世间法,故见累世而见众生业缘之本末。此其所不同耳。

中国生理学会将以八月三日在青举行年会,据蔚孙言,中国科学研究之有国际声誉者,生理学为其一。此会最著声之学者曰林可胜先生闽人林文庆子(英文名 Robert Ling),初创此会,办一杂志,以独力经营及刊物广销,可自维持,方交会编印。蔚孙言英生物学界,无不知其人者。大抵中国科学家在中国享浮名者,不尽有国际的声誉。因其人多早年归来,以提倡科学而成名者(如任叔永),其近年归国,多有多年攻读,学有可信,亦有如西人所推崇者,而顾抑塞牖下者多矣。何田源氏长鲁教厅已七八年,山东省教费至四百万,事自可举。李达言何氏所至造新居矣。浙大数学系苏步青至,确有造诣，又有陈建功，故浙大数系殊不弱北方则有周绍濂氏，亦数学学者。山东大学新校长闻平庸不学，于良教授多未聘，被聘者亦多去之，可惜也。

七月二十九日　星期三

三日来多雨，时雾，昨晚又大雨，晨犹阴霾，向午放霁，下午豁然晴朗。水天一碧，美无片云，浴船浴人，点缀据多。北望青市，红瓦绿叶，连缀若画，此邦美景，颇有西洋色调，非普陀镇海类也。晚饭后下山散步，未远出也。

今日读完陈熙愿《净土切要》一册。

读《袁了凡四训》一书了凡先生名黄，字坤仪，明万历时人，防倭有功，通古今之务，乐善好施，此为其戒子文四篇，后人以其劝善旨长，多为印传。叶思敬《省心集》附刻全文后，后则多仅刊其第一篇。四训一曰立命之学，二曰改过之法，三曰积善之方，四曰谦德之效。

续阅《净土辑要》，觉明菩萨善导大师法语，补作协会开会期中之日记。

212

下午假寐至二时，作文兼复信，慕骞信，叔同信，得启后信。

晚阅李泰棻《方志学》，又阅罗曼·罗兰《托尔斯泰传》之绪言。

《了凡四训》以"积善之方"之后半段为最佳，洞达人心，揭破伪善，足为警惕也：

　　若复精而言之，则善有真有假，有端有曲，有阴有阳，有是有非，有偏有正，有半有满，有大有小，有难有易，皆当深辨，为善而不穷理，……枉费苦心。

　　有益于人是善，有益于己是恶。有益于人，则殴人詈人皆善也，有益于己，则敬人礼人皆恶也。……利人者公，公则为真；利己者私，私则为假。又根心者真，袭迹者假，又无为而为者真，有为而为者假。

　　凡欲积善，决不可徇耳目，惟从心源隐微处默默洗涤；纯是济世之心则为端，苟有一毫媚世之心即为曲；纯是爱人之心则为端，苟有一毫愤世之心即为曲；纯是敬人之心则为端，苟有一毫玩世之心即为曲。

为善而人不知，则为阴德，阴德天报之。阳善享此名，名亦福也，名者造物所忌，世之享盛名而实不副者，多有奇祸。

人之为善，不论现行而论流被，不论一时而论久远，不论一身而论天下。现行虽不善，而其德足以济人，则非善而实是也。……非义之义，非礼之礼，非信之信，非慈之慈，皆当抉择。

物虽薄而施心甚真，物虽厚而施心不若前日之切……此千金为半，而二文为满也。

为善而心不著善，则随所成就，皆得圆满，心著于善，虽终身勤励，止于半善而已。……以财济人，内不见己，外不见人，中不见所施之物，是谓三轮体空。

吾辈处末世，勿以己之长而盖人，勿以己之善而形人，勿以己之多能而困人。收敛才智，若无若虚，见人过失，且涵容而掩覆之。一则令其可改，一则令其有所顾忌而不敢纵。见人有微长可取，小善可录，翻然舍己而从之，且为艳称而广述之……全不为自己起念，全是为物立则。

凡见人行一善事，或其人志可取而资可进，皆须诱掖而成就之，或为之奖借，或为之维持，或为白其诬而分其谤，务使之成立而后已。……善事常易败，善人常得谤，惟仁人长者，匡直而辅翼之，其功德最宏。

彼气盈者，必非远器，……稍有识见之士，必不忍自狭其量，而自拒其福也。以上了凡四训，此语见《谦德篇》。

汝但息想定虑，徐徐念去，要使声合乎心，心随乎声，念久自得诸念澄清，心境绝照，证入念佛三昧。然平日必须多念，经千至万，心无间断，则根器最易纯熟。若强之使一，终不一也。此语录自觉明菩萨法语《净土辑要引》。

七月三十日　星期四

入山以来，忽已四日，虽时听钟声，偶窥法语，而杂念相乘，俗绪重重，致晚间亦多杂梦颠倒。昨晚如理馆事，如来远客，又见柳师与二兄市物贻孩，皆是俗务。又在协会开会期中，时有人问以对图书馆教育之意见，因其论文华专校之得失，余懑直径谓"只随西人逐逐于技术之末，不务中国学术基础之培养，未见其是"，又谓："文华毕业者大多能处理大学之西文编目，而于饶有本国图籍之公共图书馆则未宜。"如此多谈，意念文华师生闻之必不快，则前晚梦中乃有文华校长沈祖荣氏面相质问，反复辨达，致成梦语，醒来亦自好笑。此固神经衰弱之征，亦俗障太深故欤？

今晨天气清朗，五时醒时不即起，越廿分钟起身，而日已悬海上矣，步门外迎朝气。

读《净土辑要》飞锡、永明、宗赜、有严、虎谿、天如诸师法语，并莲池大师法语。阅讷堂老人撰《果鉴释十界略解》一小册，不能全解。

作馆信一笺致各同事者。又答启后一信。答陈长世一信、王献唐一信。

下午假寐后作日记及信。三时顷，聿茂与周学普兄同来，约共往洗海水浴，从之。余不能游泳，但来青已半月，而仅下水一次，亦太辜负。学普在日学游泳，聿茂亦从之。余亦稍深，入水及肩，但未习水，不敢遽游也。洗罢卧沙上良久，云翳蔽日，时隐偶现。比穿衣毕，则又开朗，似不凑巧，有

216

日光下浴方不感冷也。缓步归，已六时矣，夜又大雨。闻之青岛住民言，今夏雨特多也。

阅李泰棻《方志学》。今日得莹书一笺，云天热小孩仍爱闹，并劝余多住休息。

八时后与宏伞师谈，叩以净土佛法之疑念及不解处，承开示甚周。宏伞师原皖籍，近为杭招贤寺方丈。在杭尝见之，今又遇之客地，住毗室，相遇执厚，此亦佛法所云夙缘也。又余与袁道冲先生原不识，来青原拟住大学，而一席会及，据承介来住此清境，此非前生之缘欤？三生报应之说，余渐信之矣。

余谓报应之说，证之人事而可信，六道轮回之说，似涉神秘，未能全信也。宏伞师言：前人有种种感应，信而有征，且等是人也，而贫富劳逸之悬殊如是。如未见开煤及汽船火夫者，不知其生活之苦况，人间地狱如是。何能谓"地狱道""畜生道"之必无乎？余谓此种六道之说，乃智者从人事推理归纳以为劝解者。师谓此为世间说法，佛法信而有征，非从人事归纳。且此种转生，并不如基督徒言之一切有真主宰，佛说则归重于"阿罗也识"，其轮回乃由此识之自如，非有人为之主宰，其理至纯（又谓人生同父母而性貌多不同,或身上多毛,或声为牛羊,皆可推测前生)。至报应之事,或现生报,或现身不报,则福未享尽也。其论西人享受优于国人,归因于西人家庭子嗣观念轻,常以遗产大量布施为食报之要因,语甚新颖可味。

福与慧全为二事,福系前生修来。如此人慧或过人,应修慧以利人,不当谓我慧过人,即享福亦当过人。佛法倡克苦,即降低个人享受以济众生。此与社会主义之义为近,但佛法证三生而云平等,社会学者则但知从此世生产消费言耳。

不杀生为最要之一戒。余以人言水中亦有微生物为言,法师言佛经亦言此,故饮水须滤方饮。但比丘言,如天眼看之,尚有生命,佛即言天眼不能言,但重念备以度之。经有八万四千虫之语,此在生物学未昌之二千余年前而有此见解,尤可异也。(牛食草,鸡食地上一切,一为蔬食,一不洁,而人迷以为滋养。其实养生在心,不在饮食之末,而肉食未为滋养也。)

问净土宗与禅宗之别。法师言,禅重参悟,净土主念佛,但参悟一尘不起时与念佛三昧境界全同。又论心由境造及

研究唯实论之必要，此中所论甚多，余多未解，谓应读唯实
论也。

嘉兴范古农居士精研佛典，宏伞师以为诣彼讲经最
相宜。

七月三十一日　星期五

今晨起，日已出。视时计，又六时一刻矣。晚睡多梦，晨
不早醒，负此海天佛国矣，明日起当戒之。

作信多笺，一致二兄、一致学素（俱为相青兄事），一致玉
章，一致漱琅。

下午又作一信致晓峰于浙大，一致张镜夫先生。

为右腿淋巴腺管炎，时痊时作，仍未痊愈。十二时许，下
山访医。午之山东大学，阅报看杂志。旋之信号山路访蔚
孙，承介至其毗邻校医邓君处叩诊，告以少走少下水，以硼酸
水缚之。蔚孙坚邀再至其寓，谈良久，多及今日中国政治社
会与学术相与消长之故。蔚孙专究生物中之胚胎学，留比四

年,颇为师所推许。比在大学,犹日孜孜于实验室中,以校潮故,或将去而之北平也。

山大数学系主任李达亦东大十五六年毕业今晚宴客约余往。在此原拟小憩,且日内看初步戒杀之言,颇厌荤腥,却之未赴。

晚食后阅报作日记(自蔚孙处归,已四时卅分,寐一小时,作信二,即六时就膳)。

上午续读《净土辑要》莲池大师法语,此中多警语,不胜备录,略记一二。

念佛之时,按定心猿意马,字字分明,心心照管,如亲在西方,面对不敢散乱。

古云杂念是病,念佛是药。念佛正治杂念,而不能治者,因念不亲切也。杂念起时,即用心加功念佛,字字句句,精一不二,杂念自息矣。

万念纷飞之际,正是做工夫时节,旋收旋散,旋散旋收,久后工夫纯熟,自然妄念不起。且汝之能觉妄念重者,亏这句佛耳。如不念佛之时,澜翻潮涌,刹那不停

220

者,自己岂能觉乎?

密密绵绵,声在于唇齿之间,乃谓金刚持。……必须句句出口入耳,声声唤醒自心。

明心要门,无如念佛。读作之暇,或心烦时,静坐念佛,甚有利益。一念在佛,杂念退休,心空境寂,妙当何如?

口诵佛名,心游千里,是名读佛,非念佛也。念从心,心思忆而不忘,故名曰念。

莲池大师劝孝,以为劝父母信佛为最孝,其言有曰:"人子之于父母服劳奉养以安之,孝也;立身行道以显之,大孝也;劝以念佛法门,俾得生净土,大孝之大孝也。"又云:"甫闻佛法,而风木之悲已至,痛极终天,虽愿追之,末由也已。"余早失双亲,念先君之修持,一生善人,安得及今色养,劝双亲以敬佛乎!

蔚孙兄为一纯正之科学家,其在比四年,于生物胚胎学造诣甚为师所重,第三年已成论文,请中比庚款。主其事者谓童某已成论文,何不早归,因此信为之慨然。渠谓日本或外国补助海外学生，正于其成学，得学位之后，方值得补助，而中国以为成一篇论文，得一个学位，便可罢休，则何不以厚费资助小学生乎？又谈中央研究院一部分之浮而不实，不能尽奖进科学之能事。又论中国社会与政府之昧于奖励之方，与社会观念之摧残研究，甚有见地。

在国外，中国自然科学刊物之有名者，一为地质学会之各种专报汇报，一为林可胜主办之 *Chinese Journal of Physiology*。蔚孙谓自印短文分送甚费钱，彼等若干友人正在筹划办一种 *Chinese Journal of Experimental Biology*，已得李石曾、褚民谊助费若干。将定年为四期，概用西文以与国际生物学界通声气云。

蔚孙谈国外留学生之生活，腐败者日惟嬉游，不读书、不实验，避考而无所成；用功者用私费，则每绌于费而不能赓续，或度最节啬之生活，其苦不可言喻。因亦谈及亡弟行叔，渠谓其太用功，自为不幸之因，而生活太啬，当亦有关。此意予每与自法归诸人言，亦常追想及此。但决不敢为家人言，恐重二兄之心中痛苦也。二兄清宜不苟，而又节爱公帑，持久不为谋公费。致行叔，每得钱，常念为二兄节约而来，后二年益节省。如此奉公之精神，岂得以私情而议之噫，往事如梦，不堪回首矣。

晚饭后阅报良久，在海上看明月，灭灯就寝，月光照临室中，清澈有非尘俗所可得者。

八月一日　星期六

五时十分起，即步出门外。海上始有微光，东望海山，少顷始吐日而出。吸新气，看净土五经之一节。

上午作信二致振公，记日记，写扇一。

读《净土辑要》，憨山大师、紫柏大师法语。又阅净土五经中之《普贤行愿品》。

阅江易图《佛法讲演录》。江氏不仅如常说之，以佛法"五戒"与儒说"仁义礼智信"相合契，且以佛法"三观"谓与儒说亦合："佛法言空、假、中之一心三观"，即"空观""假观""中观"三种观想法，即儒说所谓"维精""维一""允执厥中"。"维一"即整个平等，"维精"即各个分别，其不偏空、不偏假，而空

223

假双照，即相依为命之"允执厥中"之"中观"。凡夫对此世间一切均执贪恋，是偏于假；修出世间法的，以为现在修道即万事不管，万事不假是偏空。此二种在佛法上名曰"边见"，盖非落假即落空，故更须有中观。暹罗上下皆信佛，每年弘扬佛法之费二百余万，占全国预算二十分之一。江先生盛称之，以为此非徒费，盖国无盗贼，军警甚简，崇俭斥奢，布施为当，国家又可节无量之极济费也。佛性曰不生不灭，无量无边，神通自在不可思议。江氏以为青年皆具此佛性，而教育者限以课程，实则劝学生信佛，固非易。惟爱护生物之道，则教育者不能不引为己责，以时训练青年学生也。

晚阅罗曼·罗兰《托尔斯泰传》论艺术、论社会、论自由主义各节。

阅薛叔耘书牍，《大公报·史地周刊》有王照致日人书自抄本复印，洵戊戌政变新史料也。

作致永嘉孙孟晋君一书，留稿于此。

前者浙馆既承尊藏佳版之赐，复屈文从指示之周，感戢五中，无以云谢。而别后二月，两蒙惠书，竟以人事牵羁,犹稽裁答,要亦以尘俗丛脞,霞府昏沉,悲或形诸笺墨,转读清兴,用是踟躅,以致今日。中怀引咎,如何可言,本长者于无可恕而终恕之也。浙馆筹办浙江文献展览之事,虽得各方赞许,而关垂之切,匡翼之多,先生殆为首屈。前为人事种种,各组主任未早推定,而征品分会之改聘,亦俱稽时日。六月杪已由教厅专发聘函,定可得达。许专员因公来杭,弟初未详其住址,比问明走谒,则已启节。度以先生之代致悃忱,重以许公素重文教,则瓯海征品各事,必承其多方匡护也。温属征品分会,想已一度开会,盼时通消息,省方筹备,应注意各端,尤愿时予指示。弟以中华图书馆协会举行第三届年会,特于七月十六日专程来青,越五日而会毕,海滨凉爽,意颇留恋,自以体本非健,故稍滞居,不遽归。

现住湛山精舍,有临眺之美,无尘俗之扰,观涛听钟,涤荡块垒。惜以尘务待理,不旬日便须南返耳。在青岛得晤马叔平、沈兼士、叶誉虎诸先生。前皆已约为文展会设计委员,故即于协会之后,约集一谈。已决定北平亦设征品分会,由叔平先生主其事。大抵北平图书馆浙贤稿本或批校本，可择优商借，而故宫则以权分口杂，不能以原物出借。但亦已商会就珍藏浙人书画酌为影寄，藉见鸿爪。誉虎先生于此事甚热心，南归过沪，尚当就教，且谋于八月成立上海征品分会。北方寄运维艰，将来私家应征，犹以海上希望为较多耳。惟念此事现为各方翊赞，自不能率尔从事。杭垣设计委员什九居名，异时编审题记，慕骞、朴山二人之力，惧不胜办，则甚愿文从能将瓯属应征古物早日督运来省，思援前事，请驻旌相助。庶几商榷有自，免多隔越。不知果可拨冗早降否。瓯海学风在宋为胜，而自元徂清，迄季世始丕振。则皆由先德累叶之道德学问吐其光芒，继先腢后可垂不朽。先生席履遗绪，益光箕裘，复得一时，济济多贤，相与振导后进，浙学复昌，必也斯土矣。慈才庸学浅，比年公私丛脞，惧益荒落，即承乏浙馆，惟未敢苟怠。亦自知心余力绌，事不逮愿，徒靡公帑，无裨文教，负疚在抱，曷能自已，大雅将何以进而教之。

闻庄先生不韦即世，康强不永，已可慨悲，矧其拳拳文献，系一省之重望。凡在承学，自当与闻。余杭章先生之罹耗，同其戚戚。左右如有传、状祭悼之作，并愿先读……旅中简率，匆布不尽维为学珍重不一。

今日下午假寐不得，因起之阅览室，看书报，与赵与之先生谈。三时，聿茂、学普两兄来，同在山顶摄影二纸。渠等往洗海浴，余以右腿肿痒，以风湿谢未往。灯下作致莹第三信。

　傍晚拟往访袁道冲先生，电询，知不在家。及晚九时许，正看月户外，袁先生来，延至室内坐谈，十时去。袁先生在青岛久住，近任自治委员会事，又愿宏佛法于佛学会，为副会长也。袁忠节公所收时贤信，袁先生装裱成册者，允借与浙文献展览陈列，可由余携归云。

　佛者觉也。即众生之佛性，以迷之而为众生，悟之即名为佛。今所念之佛，即自性弥陀，所求净土，即唯心极乐心净则土亦净，心秽则土亦秽。

八月二日　星期日

　昨为阴历六月望日，夕月甚皎，碧海澄澈，如示人明心见性者。立门外，看月甚久，入睡犹月色照衣褥也，而以睡迟。今晨起又五时半，不及迎朝日矣。比日实在休憩中，而脑际何混乱不清，昨晚多梦，如上课见家人，颇自异，何以神经不健如此也。

上午作信若干笺,致叶溯中,致童藻孙,为文展会事,致君求,致陈相青,致史叔同询馆事,并告以南归过沪,拟不多留,为文展接洽事后再往。

慕骞今日来信,谈及太炎先生夫人为卜先生葬地来杭,曾来询本馆。渠因前往面请以《章氏丛书续编》书版事,允寄存浙馆,并允赠章公遗物书札若干事。余前在车中阅报,见上海举行章先生追悼会,觉本省不可无此一举。今慕骞信中亦提及之意,拟南归时会同教厅及各中校长发起此事,并即作慕骞一复信。

续阅《净土辑要》蕅池大师法语,十时三刻即午膳。

青岛佛学会每星期日讲经一次,今日下午系慈舟老法师讲《大乘起信论》。会员多与会,余以不易解,且已有他约,未参与。

一时,外出至上海路礼贤书院,张君不在,管事亦外出,未获参观,转至平原路张镜芙①先生寓。张先生诸城人,与

---

① 整理者按,原稿此处为"张镜芙",当为"张镜夫",照录。

于尊孔文社藏书楼谈次，知楼主任德人苏宝志君，适归国，无从参观。张君亦藏书，于公私书目搜罗尤备，得入室观其书，深佩其用功之勤，搜罗之广，旋复偕赴胶州路，访鲁藏书家赵先生。

在张镜夫处得见，东莞刘燕庭先生喜海钞稿本《天一阁见存书目》。张君得之于坊贾，上有"嘉荫簃"阳文章一，不著撰人姓氏。后知"嘉荫簃"乃刘燕庭之藏书所名，且刘曾为浙藩司，当系观书范氏录出此目者。书凡四卷刘著有《嘉荫簃论泉绝句》《长安犹古编》《海东金石存考》《海东金石苑》等书，据云较薛目为多，甚有出入，盖在阮目之后，薛目之前。此书当系当时留稿，不拟付刊而遂无闻。已托张君为浙馆录副一帙，孟颛先生似亦未闻，南归并当告之。

镜夫先生蓄意蒐罗公私藏家书目，谓连日本书目已得千六百余种内日本书目五十种（皖人王乃仁小川搜集日本各家书目得八十余种），拟编为书目书录，惟谓分类甚不易办。余见其插架颇富，各家旧书目多备如杭州藏书楼书目、浙江藏书楼书目等，他省图书馆早年目录，多所未闻，惟亦以抄稿本则不多得云。（如所收有《黍园存书目》，仅一辅仁文社图记，有红蓝圈记，但内容书并不精，意其人亦非名家也。）

　　山东旧藏书家而今已散佚者，有"爱吾鼎斋李氏"。李名方赤，字璋煜，诸城人，其子肇锡为张镜夫外祖。璋煜公与陈簠斋为亲家，常相互交换古物，此外致力搜书，亦富抄本稿本，多至四十箱。辛亥革命以前，肇锡子已有一部分让售，一部分张母乃运回保存。比民国五年革命即居正之鲁，日本军乘机侵诸城，携书而去，李氏所藏凡百〇五种皆不见张君处存者有元刊明印之《韩诗外传》五本，谓系仅存之纪念物矣。李后人式微，张君今略聚书，皆十余年来所自购云。

　　聊城杨氏海源阁主杨益之先生以增无子，以从子为继，甚悖妄，欲售书为庶母阻，其后遂运津，押借欲三十万。以此，大批书皆分散，其一部分尚押在三银行，闻在济一部分，曾以五千元议价与鲁馆而未能收，亦太可惜。闻杨戚某君尚有一箱，凡宋元本三十种左右，惟系窃取，不敢露面云。

　　赵孝陆先生名录绩，年六十余矣，甚康强尝官翰林院，有"清流党十怪之一"之号，而豪迈不拘，一见即问来多日矣？旋问嘉业楼、天一阁及《四库全书》现状，论及八千卷楼书。渠谓"非端午桥，此书亦早散归东瀛矣！"余告以来意，慕名来谒，且图观书。先生即架上检数种旧刊佳抄见示：

一《西山先生真文忠公读书记》卅一卷，廿二本。宋开庆元年十月刊，番阳汤汉序。序四页、目录六页（五行，行十字）。本文九行，行十六字。

二《玉台新咏》十卷，二本。有"汪东山读书记"阴文章。宋刊本。十五行，行约三十字，大小不等。

三《周易会通》元刊本。有"沈印廷芳"阴文印、"椒园盥蒙"阳文印。

四《陆宣公奏议》元至正刊本（有"罗凤"二大字阳文印）。

五《三朝要典》六本，天启六年刊（明禁书）。

六《董解元西厢记》二本，明刊。王箓友校本，校批甚多。

七《说文释例》王箓友自校本（系印好后自校），有王氏私章二，亦可玩。

八《李义山诗集》何义门校本，有"鲍建舆珍藏"章（卷末有康熙丙戌十一月晦阅完上卷焞记）。

九《杜氏经传集解》李南涧曾藏。

十《献征录》明钞本。**此书余最爱之，以其书法固佳，**

文字内容亦浅简易解。全书凡二十四本(分刑、工、兵、礼、户六部)①。楮墨黄旧,字盖亦类明人,确为旧钞。蓝丝格十一行,有"居室侗辨轩图书"阳文印。此书气味淳厚,余最爱之。昔梨洲先生自言,幼时忠端公劝读《献征录》者,盖即此也。前仿《琬琰集》,后开清之《碑传集》,果使印传,亦治元明史者之福音也。

参见三日日记次页。 以有事,余匆匆告别,渠谓久思游浙,异日或谋一行。

八月三日　星期一

晨五时起,天又微雨,记昨日日记。

读唐诗律诗,前日新从街上买到者。

阅《净土辑要》蕅益大师法语、省庵法师法语。

阅王搏今《海外杂笔》,阅王季同著论佛法者,得烶弟信及寄来二孩之信。

---

① 整理者按,原稿遗"吏"部。

下午睡一小时，二时后觉室中梧坐闷损，出寺门望海，回至司事室，取出一月来之《大公报》阅之，一部分前失阅也。三时半返室，正拟作书，有叩门声，则诸城张镜夫先生特来见访也。赠以青岛梨膏，谓于胃病、肺病食之皆宜，且殷殷以客中有何需要见询，意甚可感。谈久，五时半约外出用膳，九时归，为腿肿敷药，十一时方睡。又为杭寄来半月来《东南日报》阅之，故未即寝。

张镜夫先生诸城人，来青岛筑室以居，作寓公，盖九年矣。渠曩在海澜书院读书，在平津曾任事，来青后尝从桐乡劳玉初先生游。近则杜门谢客，除与尊孔文社藏书楼助其董理中国书外，余惟读书自娱。搜集公司书目甚多，见昨日日记，将为之书录。年四十六，子四，多已成学。在青有房产，家中司事至四人，可觇其有相当产业，有资而能屏犬马声色之好，而惟孜孜于考订校编之间，其襟度亦不可及也。

晚膳于北平路聚福楼，平菜馆也。室有一榻，似可抽大烟者，或谓躺之可资休息欤。多日茹素，今始吃荤，然未吃大肉。张先生亦礼佛，谓不吃发意而宰之肉，且不用中膳云，谈教育，谈时风，谈疑古，意颇与余相投也。

谈青岛教育情形有可纪者：青岛中学共七处，市立者三，私立者四。人口市区达三十万，而中学不多者，亦以见青市富力不逮，乡民多卒业小学，即求生也。胶■(海?)有一中学，设备甚完善，校长之供奉，奢如达官云。中学英文多为八小时，国文则四小时，私立方六小时。

礼贤书院有地产房产，年可收六千元，市府补助四千元，余则取给学费，故近年经费亦窘。别有德教会每年寄费三万元，则悉以应付德教授之薪水及设备。高中以上办有工科，三年毕业，其程度且超于山东大学之同科者。

教局长雷法章君，余颇不好其浮华之态度，今据张君言，则雷固无何学问，且工钻营奔竞迎合者。青岛小学教员必恭维校长，校长必恭维教育局长，局长则迎合市长。张之言曰：恭维非教育也，然小学生耳濡目染，则自幼即染奔竞虚伪之习矣。

山东省立图书馆辑印《齐鲁先哲遗书》，而不就商于人，仅出篇帙甚轻者二种。王献唐君好古物，于佳书不多购，凡购得捐得者(如《柳堂遗书》)亦不好事整理云。

赵孝陆先生昨得见之，颇磊落不拘谨，想见其少年之豪

市立中学，市立女中，市立李村师范，礼贤私中，崇德私中，文德女中，圣功女中。

迈惯,据张镜夫告我:赵本清季名士,二十成进士,入翰林院,以其狂放,人号为"小梦窗",与吴禄贞有来往。赛金花在庚子前杀人,赵适在刑部为审讯。因隐隐翼赞革命,宣统三年春,革命未发,先乞归,在鲁省颇负物望云。赵于清季掌故极熟,每谈具见本末云。

黎黄陂之文电驰名,世皆知为出饶汉祥之举。张君在平,与相识于书肆中,其人倜傥负才气。黎初月界一万元,则挥霍辄尽,间以助其乡人。黎下野,犹月予五千元。其后,黎由其妾黎某当家,竟使人告之不能供养。饶愤去之,后人得之于倡家。郭松林之反戈,约饶为部署,曾界数千金。郭败,饶居津门,好饮,出入辄携酒(如白兰地、威斯基),至是益狂饮。民国十四(?)年卒。张君又为道黎黄陂之妾,人目之为妖。黎卒后,在青岛下嫁,为鄂同乡所逐云。

八月四日　星期二

今日上午,以起已不早六时半,午膳率在十一时,故似时间甚短者，作二信外，略看看书而已。

作致振公一信，附致满师一信。

阅《净土辑要》截流大师净土警语八页。

阅李泰棻之《方志学》，方志之体例资料各章。

下午假寐，自一时廿五分至三时半方起，似太多睡矣。右腿淋巴腺肿未愈，晚又敷药。

读《不可录》，印光法师为重订之为《寿康宝鉴》，此于青年实当头棒喝（于性的防制与升华言之颇切）。惟所采内容及编例太旧，不足以吸引青年，意谓拟去琐采萃，重编新颖之小册方可，入世之效更溥也。

阅二日《大公报》，读蒋委员长致李德邻、白健生最后忠告之长电。李、白恐终不能受，此类文字殆又颇劳二兄之精神。有人谓陈伯南乃利令智昏，若李、白得勿为气令智昏。此负气之故，则亦曰我执太深，太少涵养耳。而日人伺其短，即乘隙离间，明知其无成，亦必图之，非肆以破坏不为快。湖北多匪而祸烈于赣，粤东抗命而难极于桂，岂亦劫数然欤。

晚间写补上月廿三四日之日记，又为录《健身要旨》二千言。

十时一刻就寝。

晚常多梦，今晚梦有大象入室啮食吾家幼孩多人，余以侄亦与祸，亦二兄叩宥。此当系神经衰弱而感耳。

八月五日　星期三　夏历六月十九日

晨起五时半，阅《青年修养》等小册二种。

叔同昨来信，为浙大修理与本馆协助事。今晨再作竺师一信，又为童君事至张彭年君一信。

读《净土辑要》《西方公据》说袁列星、陆士铨、彭二林居士法语。

补记前月之日记至今日始竣。读净土五经《普贤行愿品》。

湛山精舍正殿在楼上，楼下中厅为讲堂，其中座奉祀者为善道师，为净土宗之二祖，此宗在日本甚发达。日本法然师修道，梦中求法，得阿弥陀经，善道师所解者，故于善道师甚钦重。精舍成，日僧寺塑善道像，以为礼物供奉云。（青岛日本信佛者与吾国佛法中人本甚联络，九·一八后，国人不愿与周旋，关系始疏云。）

下午寐一小时，迩日窗外海滨每人声沸腾，缘近日天晴海浴者日多也。阅日报三份。

偶草《青岛短简》二则。

阅前日出版之《国闻周报》，有西南问题之清算一文，溯述往事，与进探症结，并勿能详也。

在室内卧读唐人律绝句，朗诵之，颇足怡心也晚十时寝，梦见伯母考终之时。

今日为先君去世二十二年纪念，未能在家致奠，惟在西土默诵佛，以为先人造福。前尘茫茫，遂隔廿年，此长期中，世变益亟，而不肖行能无似，学问事业皆无可以慰亲，并先君于家庭未了之愿，亦多未尽其责。静夜扪心，痛疾何极。

从某君一文知青岛往史，可略记者：光绪十七年五月海军演习，事竣，北洋大臣李鸿章与鲁抚张曜巡视，调登州总兵章高元率兵四营驻胶澳，筑炮垒栈桥。廿一年俄舰来，次年德舰来测，又次年为曹州教士案，廿四年二月（一八九八年三月六日）遂订租借约。民国四年八月，日军攻取青岛。八年五月，和约以胶澳及山东利益归日，我拒签。民十华会开，十一年二月四日，施、顾、王与日代表加藤订"解决山东悬案条约"。十一年十二月十日，我接收青岛，十二年一月底，胶济路亦交还我国。

八月六日　星期六

晨起已五时三刻,山居实欠早,良以夜眠欠酣故耳。

读《净土辑要》澈悟禅师语录十二页。又读其下篇所收之《佛说阿弥陀经》,意茂而文雅,颇可诵。自七月廿七日至今凡十一日,始将《净土辑要》一册读完。余净根浅,维于净土之说犹未能澈信,然颇心向往之,且身心诵佛,于此生摄心以及整个生命宇宙为高贵有益之一事。惟余遭时多故,家庭生活又多变迁,中心散乱,殊难自制。而于诸前修说超生死,转益易兴消极之念,则又觉专读此类书,非对症自药之道。惟自问本性不恶,卅年来行为当无大过,今后修善利人,益当持以自策耳。

上午又预计行程列录,遇京沪事故。拟写稿,未果。下午假寐未酣即起,整书,撰草《青岛短简》第二节"街头风光"。

五时许,走访袁道冲先生于鱼台路,承出视先人袁忠节公笺札。寄张□樵①星使荫桓者,张公在官侍郎之先,曾出使美洲,时袁公为总理衙门章京张曾为总理衙门事,故信中自称属吏。其信皆光绪十四五年之事,每报告中朝事,而讨论美逐华工及小吕宋华侨事亦多。袁公允以此送浙文献展览陈列云。晚得八姊信,得莹第二信。

　　安邱赵孝陆先生自余往访后,今晚竟折柬邀叙,余以为必有多客。之菜根香素菜馆,则仅主人及张镜夫先生一人,知专为余约宴也,意良歉怍。食素菜味良佳,赵公洒脱不客气,余亦放言杂谈。所谈大抵为藏书家杂事,北平琉璃厂情形,及戊戌政变前后事渠庚子六月出都,辛丑又往,辛亥春辞归。赵非甚健谈者,但有问辄答,于世事看得大意,惟于刘翰怡先生(去夏曾来青岛小住为其妾在公园失钱囊又遄归,张君盛言其长厚,赵旧见而不念,斯时往还方密。)则颇拳拳,谓其聚书不惟在江南为可称,又知其以闽变丧财,问其境况。余谓嘉业楼书恐至,其子将不保。先生慨然,谓翰怡之书至,其子方出售,犹是极幸事。且云近代藏家及身而售其书者甚多,黄尧圃、钱

---

　　① 　整理者按,疑原稿误,张荫桓号"樵野"。

牧斋皆是，挽近则缪筱珊亦如是云。

前星期见《大公报·史地周刊》载一文，为王照答日人某君问述戊戌政变渠与康梁之关系，颇为戊戌政变之难得史料。因知赵先生其时亦仕京师。叩以实际，渠于王晓航似不甚熟。惟谓召袁世凯事，惟谭浏阳竭力主张，梁任公持反对，梁自始即谓袁为佥壬。后又谈及任公，自清季曾得见，民国任官以后则未见。赵似笃旧操守，故谓廿五年之中仅至故都一次，在十九年云。

谈琉璃厂购书情形，谓清季方志无人收，清初志往往一串或数百钱可得。是时厂肆傍晚则客满座，任意取阅，竟日不买一书，亦无愠色。十九年往时，厂肆人慨然言，谓伏腊阴雨，往往竟日无一人，亦以见蓄书之衰也。

余叩赵先生，《孽海花》述清季事几成是真。答谓自二十回以前，殆十得其九，多近实也。赛金花识字不多，惟以擅德语以笼络瓦德西同居一月。然赛住处毗邻则蒙其益，于止杀或保全大局，则悉无与。余闻洪文卿亡后，赛又操旧业，曾以杀人备逮审。因询审讯事，赵谓当时审时为夏仁虎，课以二条大罪，论遣戍黑龙江，且写明不能抵赎。人或质之，则谓良家妇女可抵赎"犯奸妇女"，则必实坐云。堂官难之，夏请调司，当局以为不可，后力请，方删去不能抵赎之文。赛已惊恐万分矣，此亦清季一小掌故也。

晚归，九时读唐诗即寝。

赵先生又询天一阁及陆存斋后人，略告之。谈修通志，谓浙志不应久稽，宜为提倡重修矣。闻山东通志成于民国六年者，多清季修撰，今省人方亦倡重修，则浙人应知奋起也。

八月七日　星期五

自来青岛至今日，已第二十一天；迁住湛山精舍者，亦已十三日矣。时光匆匆，若不觉如是之长者，山居并不用功，读书虽偶涉内典与善书，亦皆零简单册。余惟昨日记写杂信而已，时日易过，闲居尚且如是，无怪从公之日，尤感一日间不能办成多少事情也。现以预计馆务待理，拟九日离青南归。

晨起作信二笺。

八时余，出之山东大学访周学普兄谈近日时事，承导观该校图书馆。主任胡君已离职,由编目员曲培模君招待参观。楼下为阅报室、杂志室,二楼为阅览室及书库,三楼为书库,凡四藏中外文书都八万册。山东大学自国立青岛大学筹备至今,不及七年之历史,图书馆有如是之规模,亦颇难为,亦有善本书,别为小书库,亦置西文珍贵书。曲君殷殷解释,且称许浙馆,惟闻学生利用西文书犹少,要亦程度有然欤。

青岛公共图书馆,仅一市图书馆,早闻规模甚小,故此协会开会,市府并不欲人往参观,闻为市党部办理者。余以既为图书馆业务开会而来,不可不一往,乃于旁午往市府晤邢局长,索书后,转之该馆。入门即觉低洼不洁,上楼由一赵君招待,书库零乱,阅览室阒无一人,余室辟为内眷卧室,油腥气扑人不耐。赵谓其馆长为市党部常务委员五人中之一。余闻因对外关系,华北党务在停顿中。彼谓青岛向守缜密,且系直属市故,为例外云。此馆亦有分馆(实为流通部)四所,有推广至效,然其本身办理不善无疑也。

参观山东大学图书馆。

自市图书馆之中山路购物并用膳,二时归。因多食馒头,回寓忽患胃气胀痛,几历一小时,疲甚入寐,比醒,已五时矣。下午拟作笔记竟未成也。晚风甚大,户外不耐久立,亟返室,右腿肿痒,仍为敷药。历多时,顷之突觉右肱后部酸痛,并未何处伤。庸者言海风甚大,殆以眠时开窗,海风风寒入骨之候也。寝约十时,为此未寐一小时许。

二兄信来五日发,航空寄,谓馆事如可托付有人,不妨多留几天。吾辈已命中注定为"劳人",忙里偷闲,要在能自己放得下耳。又言其自己近体,谓二月前作事稍有规律,心亦宁定,惟作事究苦力不从心,往往紧张六七天后,必有极端疲困之一二天,如不即休息,则常感头晕发热。二兄近年身体确不比三四年前,其病总在神经系,而不谅者又辄怪其消极,转益重其闷损,而地位如此,又未可以轻去,或节减其负担,良可念已。

见七月份《东南日报》有载,本省本年度之预算,为录重要数字如下,备他年查考焉。

廿五年度,浙省概算总额　二八,〇〇五,〇八三元

岁入　经常　二五,七九九,四九九元　较增约四〇,〇〇〇元

　　　临时　二,二〇五,五八四元　较增八六〇,〇〇〇元　较上年度增列田赋一千七百万元,盖为追缴旧赋,似太乐观而不易现实之数字也。

岁出　经常　二五,八三五,八八〇元　较增二,三四七,七〇九元

　　　　　　（数大可惊）

　　　　临时　二,一六九,二〇三元　较增九七六,六三五元

岁出之各要目如次辑要以列

民厂及所属　经　三,七四三,〇九八元（较增二〇一,八九九元）

　　　　　　临　二九三,〇七二元　较减

教育文化费（连教厂）　仅十分之一

　　　　　　经　二,八一四,八三七元（较增三〇七,〇二九元）

　　　　　　临　二八〇,五〇〇元　较增一三七,四六四元

建设经费（连建厂）

　　　　　　经　二,八四一,八二八元（较减六二九,九二八元）

　　　　　　临　九五三,二九五元　较增七八七,三九九元

保安费　经　一,八四〇,五六〇元（较增三一,一九七元）

　　　　临　二五〇,七六八元　较增八万元

省党部及所属　经　三三六,〇〇〇元（较增一三四,四〇〇元）

　　　　　　临　四八,〇〇〇元　较增一六,四〇〇元

其他司法省府及不属各厂者从略

八月八日　　星期六

昨晚忽觉右胫筋挛，今日下午即渐痊可，闻佣言以海风风寒，故宜晚间加被取暖，使出汗即愈。

上午读净土五经《普贤行愿品》，阅《护法论》。

写家信二笺，一答莹，一致二孩，阅《大公报》。

山西姚以价先生维藩，前日来住此。今上午来谈，渠曾行军（得晋威上将之号），近任山东省府顾问，谈各地风气，颇及山东民风。谓山东军队约十万，民团约二万，如多召，多得二十万兵极易，以民风勇悍好武也。又谈鲁多盗匪，亦以风气然，一则贫，二则愚，三则贪，而分贫为甚，故易受绐而轻生走险也。

下午寐一小时，写《青岛短简》"海水浴场"一节，至五时。

六时半膳毕，宏伞师及同住董先生丰润人，约同赴海滨公园，步往，折入公园。公园缘海，随地势高低为起伏，地狭而植树不少，同坐闲谈。宏伞师于杭佛学界为前辈，昔年曾与各大丛林法师及居士创慈幼小学于大学路，今犹为其董事

246

长。谓每年经费旧为四千元,今减为二千余元,犹不易支云。董君信佛,其子年二十四,已毕业南开矣,谈时事及政界要人之营利,感慨颇多。八时别后,余往买青岛土产及取衣,雇车登山,已九时矣,敷药,十时始睡。

八月九日　星期日　今晚别青岛南归胶海作客,先后凡二十
二天。

晨起五时,昨晚一行,肱痛转失矣,但风湿(淋巴腺炎)未痊瘳。殆以海滨湿气太重之故,今日决离青南归。

晨起后在山门外迎日出,又眺青市朝景,临别生意,弥觉此土秀佚可喜也。

读净土五经中之《华严净行品》四言偈,文义并茂可常诵也。

整理杂物。

佛学会司事者,赵与之君,辽宁人也,来此已五年云,曾在沈某国学专校攻读三年,从吴挚甫先生子学,意谦冲而体

247

不佳,今日临别与略谈,并期后会焉。又向佛经流通处购得佛珠佛香。

倓虚法师今日下午在精舍为青信士女十余人谈皈依,又为会员讲经。午刻宴客,余以为必青市素菜馆之全席也,入座则冷热菜共四碟,余为素饺子,每人一大碗而已,不觉其薄而爱其珍。叶誉虎在游记中称华严庵饶有产业,而寺僧菲食,以为南方僧众宜知愧励。余住此半月,见明训师及他人之食甚粗菲,真觉南方丛林中方丈厚自供奉,大非佛法刻苦济众之道也。席间晤市工务局吴君叶君杭人。

午饭后与宏伞师叙别,并默观倓虚师说皈依,竟三时。以行李三件送山东大学寄存,约同学普兄之汇泉浴场作临别之海浴。今日水浅而日丽,于体弱而不习泳如余者最宜。以浅故,亦大胆自行出海百步外,全身没水中,上浮标浮木,且学仰泳为乐。今日西人入水深泳者众,如此晴朗,而我市民入浴者尚感其少也。五时半出浴,之中山路购青市风景片,归已七时。

晚九时动身离山大在学普兄室用膳,谈国内大学情形,搭十时车动身南归。计自上月十八日到青岛开会及游观凡七日,后住佛学会十五天,至今共廿二日矣。海国风光,荡涤尘垢,甚爱风物之美,而住精舍,听梵声,尤难得因缘也。惜以职务牵人不能再留,闻杭垣酷暑如得再住十天,当可完全逭暑,然此清福不易得也。

富阳裘胜嘉君,旧在中大,曾在史学系选课,聆余西史教科,现在青市府。今在海滨晤及,余实不相识矣,相见拳拳问现况……九时半乃来车站相送,甚感其意也。谈青市学术空气之薄与史学,车开方别去。余愧为人师,且为年亦非久,而以致每遇旧游学生,且多拳拳,亦不自意何以得之也。

车中亦热,知今日南方必更炎热矣。阅王搏今《海外杂笔》及报纸,二时方入寐也。

八月十日① 星期一 别青岛参观邹平乡建院

胶济路车,以今晨五时五十分抵周村,以欲赴邹平参观

① 整理者按,十日和十一日日记原在十三日后,为作者十年后补录。为方便阅读,今按日期排序。

下车，雇人力车前往。行三小时许，到达山东乡村建设研究院。求见院长梁漱溟先生，适以公赴平，得见其秘书亓润田先生。导参观其暑期训练及附设医院农场之设施。人力车行来回盖七十里之远。八时车别周村，晚十时抵济南，投宿中西旅社。

八月十一日　在济南

独游大明湖诸胜，午后三时至山东省立图书馆。

鲁馆系王献唐先生任馆长，在北方各省立图书馆中为较胜，时有通讯，声应气求，相见良欢。亟出馆藏珍本，与近年收致之古字画相视。余于字画殊外行，然传闻王君所收不少赝品也！旋偕出同游趵突泉。

晚献唐先生款宴余于酒家，孔令灿教厅主任秘书，曾来杭参观得识同席，孔君圣裔别支也。

八月十二日　星期三　津浦车中

十时离鲁垣,以快车南下过徐州,老友陈长世来站来迎半小时后车南行。夕宿车中,睡甚畅,明晨可抵京。十时前在济市出观街景、市方物。

同窗级友盛星五,名奎修,余在南雍同年,鲁人惟盛君在济南,闻余过济(在旅社住客牌见余名),询旅社,云去车站,特疾行(到时尚气喘吁)来济南车站相送余仅知其在济,不知其在女中教书,无从踪访。盖一别十四年矣,相见甚欢,温情可感也。

八月十三日　星期四　南归过南京

未七时车抵浦口,亟过江至南京,入城赴颐和路二兄寓。兄在粤,嫂与两侄在并晤何吟蕴先生。访童次布、沙僧孚(孟海原字),午约在宁波旅京同乡会便膳。晚间徐公起,约在其寓同餐,孟海与俱。

下午二时,赴城北访缪赞虞不值,晤郭洽周。至朱遏先先生寓,谈史事。五时,孟海导余往访朱骝先生,拟商文展事,不值。

八月十四日至十六日　(行踪简记)自南京经沪返杭

十四日　在南京。上午走谒柳师于盋山图书馆,师矍铄犹健谈。午应柳师素宴,同席不少南雍旧雨。郭洽周娓娓说,某大学高院把持文化界内情,师侧耳,似未尽知者。午前便道,过中央研究院访王毅侯,至中央图书馆晤蒋馆长,多为借展品事。朱寓仍未见,主人亦太慢客,非为文献展览公事,余岂仆仆傍门者耶! 孟海忠于某公,亟慰之,允南京征品事。朱君主持,名无问题,渠必效奔走,公私谊可感。晚为文展南京征集事,宴客于同乡会,柳师来,又朱遏先先生等十人,推柳师为南京征品分会副主任,朱居主任名,孟海为代表焉。

十五日　抵上海。昨搭夜车,晨抵北站,迳赴八姊寓,甥女子娴白暖余,谓待舅持旬日矣,何迟迟。余出山东胶州苹与肥城梨,娴饱啖之。此行似至,得亲友欢迎相将,虽劳不感倦也。一浴甚畅。次行八姊,询北行所见。午食后,偕至六弟寓谈一小时(回八姊寓,漱琅来访),偕赴新闸路二兄沪寓。诸侄咸聚,各做点心一事,以飨叔,诸味皆备,不精而趣,霸儿随往,啖不息,为之大乐。晚宿八姊寓。

十六日　返抵杭州。

今日上午在沪休息,与姊谈谈。六嫂来访。午六弟来同午膳,彼等皆云余较去时神色转好也。乘三时特快车返杭,车中晤苏步青,畅谈并阅杭报。作伯苏信,为征品。

六时五十分,车抵杭州,站站渐近,各投家乡,别杭一月又二日矣。到城站,先见阿三,站口则莹凝眸迎,转来接余,相见良欢。盖小家庭五年中,此别较长,又从来未有车站相接之前事也。

同步出城站,且语且行,至羊坝头,始以车同返刀茅巷新寓。当系三天前迁定新寓,乍归,增新趣也。